森林浴

SHINRIN YOKU

在森林里漫步的日本生活艺术

〔西〕埃克托尔·加西亚
〔西〕弗兰塞斯克·米拉莱斯 著

欧阳石晓 译

人民文学出版社

著作权合同登记号　图字 01-2022-4443

SHINRIN‐YOKU
Copyright © 2018 by Hector Garcia and Francesc Miralles
Published by arrangement with Sandra Bruna Agencia Literaria S. L.，through The Grayhawk Agency Ltd.

图书在版编目(CIP)数据

森林浴：在森林里漫步的日本生活艺术/(西)埃克托尔·加西亚，(西)弗兰塞斯克·米拉莱斯著；欧阳石晓译. —北京：人民文学出版社，2023
（幸福关键词）
ISBN 978-7-02-017834-6

Ⅰ.①森… Ⅱ.①埃… ②弗… ③欧… Ⅲ.①散文集-西班牙-现代 Ⅳ.①I551.65

中国国家版本馆 CIP 数据核字(2023)第 040407 号

责任编辑　卜艳冰　杜玉花
装帧设计　钱　珺

出版发行	人民文学出版社
社　　址	北京市朝内大街 166 号
邮政编码	100705
印　　制	山东新华印务有限公司
经　　销	全国新华书店等
字　　数	90 千字
开　　本	889 毫米×1194 毫米　1/32
印　　张	6.5
版　　次	2023 年 5 月北京第 1 版
印　　次	2023 年 5 月第 1 次印刷
书　　号	978-7-02-017834-6
定　　价	59.80 元

如有印装质量问题，请与本社图书销售中心调换。电话：010－65233595

给我的朋友卡洛斯，
他和我一样，都梦想着
在日本山中的茅舍里
生活
——埃克托尔·加西亚

给所有致力于保护
这颗非凡星球的人们，
它是宇宙黑暗中
我们唯一的家园
——弗兰塞斯克·米拉莱斯

目录

心中的一条绿枝 | 1
什么是"森林浴"? | 8

I. 消失的天堂 | 15

与大自然隔绝的人类 | 17
城市的压力 | 22
蓝色区域,绿色城市 | 27

II. 回到伊甸园 | 33

菩提树 | 35
开花爷爷:让枯树开花的长者 | 40
竹林里的智者 | 45
凯尔特树林 | 49
梭罗的冒险 | 57

III. "森林浴"的科学 | 65

那些无法杀死我们的,会让我们更强大 | 67
芬多精的治愈效果 | 74

IV. "森林浴"的哲学 | 91

神道的精神 | 93
幽玄 | 103
Komorebi | 108
侘寂 | 113

V. 练习"森林浴" | 121

回到森林 | 123
"森林浴"的五个步骤 | 134
户外的正念 | 141

VI. 家里的"森林浴" | 149

绿色的家 | 152
大自然的声音 | 161
杯里的一片绿叶 | 168

结语 | "森林浴"在日常生活中的十项准则 | 177

书目 | 190
致谢 | 196

"所见之处,无不是花。
所思之处,无不是月。"

——松尾芭蕉

心中的一条绿枝

这本书的种子是在神奈川县的小城箱根町种下的。

我们的上一本书《Ikigai：冲绳岛幸福长寿秘诀》已被翻译成三十八种语言，向全世界的读者揭示了日本百岁老人的秘密。于是，我们决定和好朋友在日本进行一次远离城市之旅。

我们怀着探索大自然和湖泊的念头，住进茂盛森林中的一间小屋。与我们同行的还有一位知名的心理学家、一位生物博士和一位哲学家。

我们依照日本家庭的传统，睡在地板上。第二天早晨，我们发现房东对我们作出的承诺是真的：从阳台可以清晰看见富士山的壮丽景色。

我们无法将目光从覆盖着白雪的神秘山顶移开。在吃完早餐后，我们一边泡了绿茶，一边将带来的乐器从套子里取了出来，准备在旅程中创作和歌唱。

我们这群临时兴起的流浪艺人只有一把卡西欧键

盘、一把吉他丽丽（一种介于吉他和乌克丽丽之间的乐器），以及我们的嗓音。

　　受芦之湖的美景以及覆盖着神圣大山的厚密森林的启发，我们在欢笑声中即兴创作了一首简单的歌曲：

早安，富士山，
绿色的山，
蓝色的天；
你好，富士山，
有时害羞，
躲在云后；
你好，富士山，
皑皑白雪，
是你的帽檐。

　　绿茶和这首天真的歌让我们兴致大起，于是我们走出门，到令人肃然起敬的森林散步。森林一直绵延到湖边。

我们五个人积累了一整年城市生活的压力。马不停蹄的生活中充斥着各项义务和责任,人群拥挤,污染严重。

然而,所有那些负担都在我们迈入森林的那一刻魔幻般地消失了。我们决定关掉手机,每走进密林一步,就有一层期许已久的宁静落在我们的身上。

我们缓慢地步行,观察落在树枝间的阳光,留意大自然微妙的乐曲和香气。一只顽固的知了在表演独奏,配合着小鸟的叽叽声与温和持续的微风声。

我们时不时地停下脚步,闻闻花和野草的气味,精湛的炼金术将这些气味与树脂的味道混合在一起。那炼金术也让所有的麻烦和困扰在一瞬间消失。

没人再想着工作上的压力,旅行把所有的不愉快都抛在了脑后。焦虑和担忧被大自然和清新空气的恩赐和力量一一化解。

那一刻,我们在不自知的情况下练习了"森林浴"。按照字面翻译,那是一门"在森林里沐浴"的艺术。

此刻,宁静像魔法一般降临在沉浸于绿色森林里的我们五个人身上。那宁静是我们在过去一年通过放松按摩、正念练习甚至抗焦虑药都不曾获得的。

在探访过冲绳岛的百岁老人村后，我们得出的其中一个结论是，生活在大自然的怀抱中是长命百岁的秘诀之一。

大宜味村位于覆盖冲绳岛北部的丛林 Yanbaru[①] 最茂盛的地区。

在田野考察期间，我们采访了很多当地的百岁老人，了解他们的饮食习惯、身体锻炼、与邻居的关系以及"Ikigai"——那个促使他们每天早上起床生活的动力。然而，他们生活的自然环境也为其身体、心智和精神的健康起到了极其重要的作用。

在我们第一本书的末尾，我们向读者介绍了"Ikigai"的十大定律，其中第七条提到，尽管大多数人居住在城市中，但依然需要时不时地融入大自然，回到大自然的怀抱中为身体充电。

[①] 原住民词，意为"冲绳岛的丛林"。——译者注。本书脚注除注明"原注"的外均为译者注。

来自哈蒂瓦①的知名创作歌手雷蒙②曾说过:"忘记本源的人也会失去其身份认同。"在这本书里,我们会向读者展示,困扰城市居民的许多烦恼其实都源自与大自然失联。

我们这些大自然母亲的孤儿,几天、几周、几个月地蚁居在水泥森林中,远离属于人类的自然栖所,等同于被关押在监狱里。

二十世纪四十年代"动机疗法"的先锋森田正马医生将接受治疗的患者送到森林里去,他们在那里步行、砍柴、坐在树下休息。该疗法的治疗效果远远超出使用药物的诊所。

那么,大自然是我们最好的药物吗?如果是这样,我们应该如何返回大自然,将大自然的精髓带到我们劳碌的城市生活之中呢?

中国有句古话说道:"心中有树,鸟儿鸣啼。"想要获得"森林浴"的治愈效果,并不需要住在冲绳岛

---

① 哈蒂瓦(Játiva),西班牙巴伦西亚省的一个市镇。——原注
② 雷蒙(Raimon),西班牙歌手,也是最著名的加泰罗尼亚语歌手。——原注

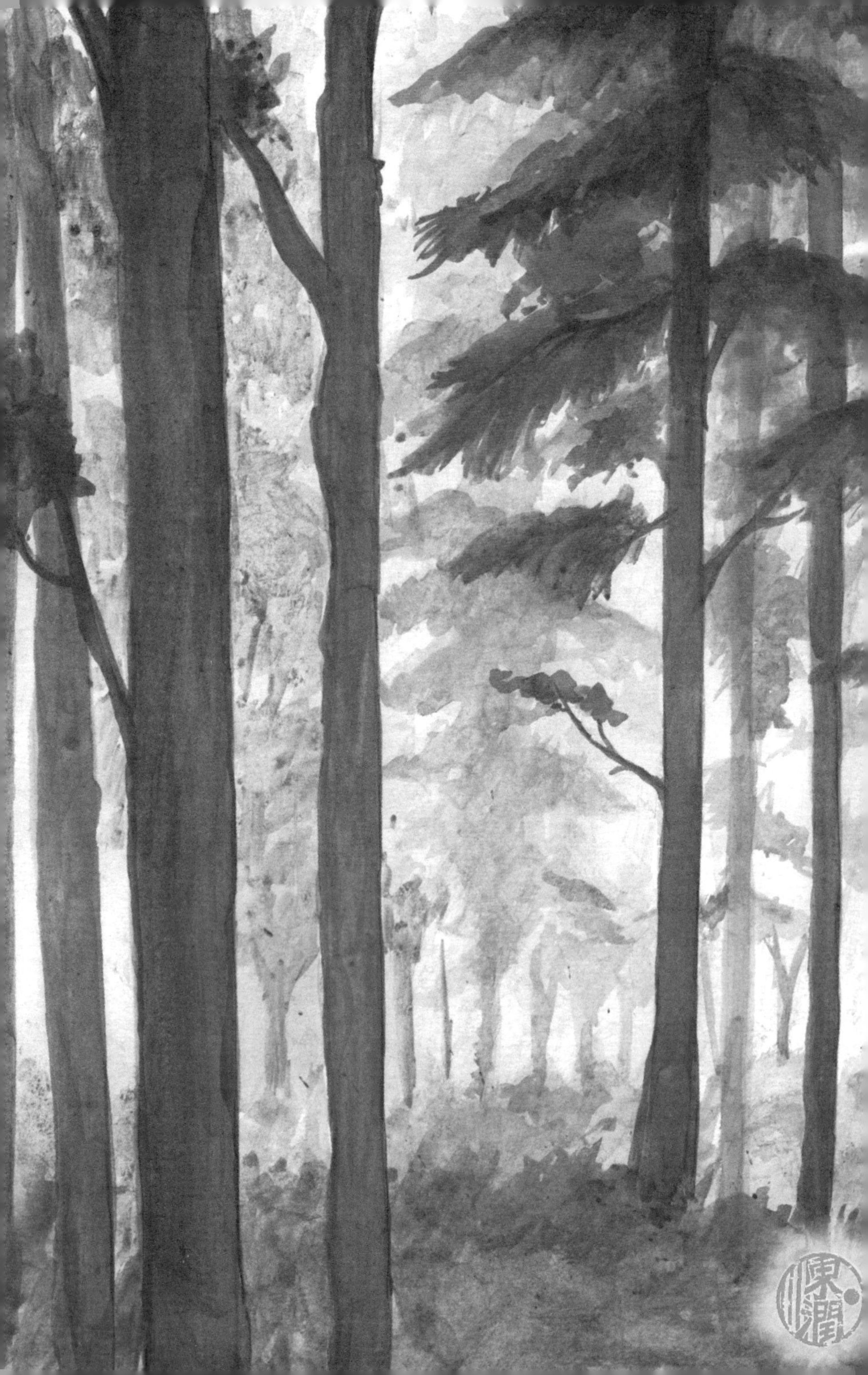

的丛林中,也不需要像我们在箱根町的小屋那样被森林环抱。

我们写这本书的目的,是为了修建一条让人被安抚且深受启发的道路,让读者无论身在何处,都能在我们的生活和心里埋下绿树的种子,开枝发芽。

埃克托尔·加西亚和弗兰塞斯克·米拉莱斯

什么是"森林浴"?

尽管当今日本文化非常城市化,却有越来越多的团体、伴侣甚至独行的徒步者来到森林里。人们轻松地漫步在其中,没有某个特定的目的地。他们走进森林的目的是为了享受"森林浴"的治愈效果,让青春永驻。

"森林浴"这个词最早出现于一九八二年,日本森林社社长指出,经常在绿色中"沐浴"对健康非常有益。

他也是第一个建议将 shinrin(森林)一词与 yoku(沐浴)一词组合起来的人。从那时起,人们开始使用这个新词,如今,这一概念风靡全世界。

SHINRIN - YOKU 森林浴

森林浴 森林浴

从二十世纪八十年代起，日本人就开始试验大自然疗法。相关研究表明，"森林浴"有利于人体的健康，甚至对身体暂时无法动弹的病人也有所帮助。

在其中一项研究中，研究者让一半的病人住在窗外有森林景色的病房，而另一半病人的病房则没有窗户。那些拥有绿色风景的病人痊愈得更快！

随着卫生机构对此疗法的兴趣与日俱增，许多科学研究也都证实了森林社社长的假设，"森林浴"是一种非常有效的放松大脑、缓减压力的疗法。

在本书的第三部分，我们将深入了解这些科学研究令人惊讶的结果。森田医生凭直觉认为大自然具有治愈效果，而在本书中，我们将了解其中的缘由。

樱花的魔力

访问日本的最佳时期毫无疑问是春季的樱花期，白色的繁花盛开到人们的心里。

新闻中有许多关于每座城市花开时间的信息，一些公司甚至派雇员清早到最近的公园里去，守在樱花树下。这样的话，当樱花盛开的时候，公司的同事可以一起在树下野餐。

在樱花花期，人们在公园或城市步道的树林里聚会。情侣们开心地拍照，以花瓣的海洋为背景，盛开的樱花让所有的居民都心花怒放。

人们放下严肃和孤僻的表情，换上热情和常常挂在嘴边的微笑。突然之间，所有人都变得乐观起来，仿佛樱花的盛开昭示着人们要努力做到最好，像花儿一般争奇斗艳。

在花期中，伴侣之间更无微不至，许多情侣也喜欢在樱花树附近的餐厅就餐。在此期间，单身的人们也将心房打开，寻找灵魂伴侣，像盛开的樱花那样向全世界展示自己最美好的秘密。

在樱花盛开期间，艺术家们同样受到大街小巷里弥漫着的喜悦和创造力的影响，灵感迸发。他们趁世界变得更友好、更精美、也更绚烂的时候，开启新的项目和作品。

在花期中发生的这一切向我们展示，即使是都市里的树木也能大幅度地改变我们的心情和状态。如果一个普通的公园或一条种满樱花树的大道就能达到这个效果，那么走进一座真正的森林，在成千上万棵树木间安静地步行，又会对我们的灵魂产生怎样的影响呢？

这即是我们将在本书里探讨的内容之一。

日本人对大自然的爱

日本人深爱城市生活的舒适，在那里可以找到任何能想到的东西，既有世界上最棒的神户牛肉，也有猫咪咖啡馆。然而，日本文化对大自然的着迷却也无处不在。

无论是花道、俳句，还是侘寂（一门模仿大自然的不完美的艺术，我们将在后面章节深入了解），大自然充斥在日常生活的方方面面。

当我们远离城市、走进日本乡间，这种感受理所当然地愈加明显。日本的乡村通常不像欧洲的乡村那样拥有一个中心，而是房屋在大自然留下的空地建起，像稻田那样，这儿一栋，那儿一栋。

在本书的第四部分，我们将讨论日本的村庄，以及村庄与其周围大自然的神秘关系。我们也将在那一部分介绍"里山"的概念，它是指村庄和山丘形成的生态系统。

绿色的国歌

日本文化对大自然的爱和重视，
在日本国歌中也有所体现，
国歌中有以下这句歌词：

"直至细石成巨岩，
岩上生苔不止息。"

与大自然的融合也体现在佛教寺院和神社的建筑中，这些建筑通常都位于树木的包围之中，并且由木头建成，让建筑成为自然景观的一部分，毫不突兀。

镰仓市拥有全亚洲最壮观的佛像。从火车站出来，假如不走向步行街，而是右转向海边走去，将发现一座非常特别的建筑。那座建筑的二楼和三楼少了两个阳台，是为了让位给建筑旁的那棵更加古老的大树。

在日本的许多地方，我们都会发现，充满智慧的古树比崭新的或人工的事物更具优先权。

也许我们即将开始了解的"森林浴"的秘密之一即在这里。

"森林浴"的治愈能力

在大自然的怀抱中漫步从而受益于"森林浴"并不仅仅局限于森林。在小范围内，比如在城市中的花园，或者甚至在家里栽培植物，也能唤起我们与大地的关联。

在二十世纪八十年代进行的最早期的研究之后三十年，日本森林治疗社已帮助超过一千万居民与大自然建立持续且紧密的关系。更有甚者，许多公司的医疗保险向员工提供前往城市外绿地的交通和导游。

这种做法的目的是为了减少前往诊所就医的成本，因为没有哪一种药物的功效比拥抱清新繁茂的树木更广泛。

"森林浴"的治愈功效

大脑	• 有助于产生更多"幸福荷尔蒙" • 降低侵略性，减少脾气的骤变 • 利于受损组织的修复 • 降低痴呆的风险
眼睛	• 放松并恢复因长时间观看电子设备屏幕而深受影响的视力
心脏	• 降低动脉血压 • 减慢心跳速度
消化系统	• 饭后散步将显著促进消化，也对便秘和腹泻有所帮助
免疫系统	• 以自然的方式提高免疫力，避免疾病
长寿	• 正如《Ikigai：冲绳岛幸福长寿秘诀》一书对百岁老人村的研究表明，与大自然接触有助于长命百岁

I. 消失的天堂

与大自然隔绝的人类

如果说《创世记》是对万物起源的神话描述，那么看看当今世界的模样，我们也可以将它看作是个"意外发现"。

在文学作品中，当某个文本提到在写作时还不存在、但在后来如神谕般发生的事，我们称之为"意外发现"。比如，在小说《泰坦沉没》①中，作者摩根·罗伯逊在泰坦尼克号修建和沉没之前十四年就叙述了一件与后来真实发生的沉船十分相似的事件：轮船的名字和规模，与冰川相撞，船长的姓氏，以及一艘载满百万富翁的轮船却缺少救生圈这一事实。

就《圣经》而言，因为撰写的时间与我们的时代间隔了几千年，所以神谕并非是具象的，而更是譬喻性的。然而，它传递的讯息却同样具有预言性：现代

---

① 即小说《The Wreck of the Titan》，作者为 Morgan Robertson。——原注

性是我们从天堂被驱逐的历史。

住在水泥管里

人类最早生活在伊甸园，与大自然及其季节和睦相处。后来，人们觉得有必要将田野和动物都圈起来，修建城市，生活在阳光几乎无法照入的茅屋里。伴随着工业革命的发生，"进步"随之而来，人类工作和居住的空间不断缩小，直到出现如今在东京、曼哈顿或中国香港地区常见的极其狭小的公寓。

在香港，由于空间的缺乏和住房的昂贵，开始出现修建在水泥管里的十平方米大的公寓。开发商说，只需微不足道的一万五千欧元——比买一辆车还要便宜——就能住进一条长达五米、宽两米、高两米的水泥管里。房客拥有一张沙发床、一个狭小的浴室和一个简易的厨房，所有一切都被压缩在一个特别的空间里。

在水泥管的两头各有一扇玻璃门，房客从那里进出。

尽管这是一个极端的例子，但生活在或大或小的"火柴盒"里的反自然性也代表了大多数人的现状，他们在闭塞的空间里工作，并且——至少在大城市里——搭乘地铁往返于工作地和住宅处。

因此，大部分居民几乎看不见日光，也无法感受拂过面颊的清风。他们最多只能在从家门到地铁口、停车场或车站的几分钟走在户外。行走在高楼大厦之间的人们仿若在迷宫里乱撞的老鼠。

正如我们将在下一章中看到的，即使是拥有令人羡慕的购买力的人群也可能患上消沉、焦虑以及别的心理疾病。

三道关卡

人并不应该像老鼠那样生活在下水道里面。我们也和其他动物一样，属于自然环境的一部分，为了达到身心的平衡，我们需要呼吸清新的空气，感受脚下肥沃的土地，在围绕着我们居所的高大的树木间漫步。

让我们回到《创世记》，亚当和夏娃受蛇（欲望的比喻）的引诱，最终被从天堂里驱逐，意味着痛苦、羞愧和劳作。

如果以意外发现来诠释《圣经》，疼痛即是要人命的压力，而焦虑是随时感到时间不够用，是让我们的生活远离天堂的原因。羞愧也存在于城市生活中，那是将办公室、住宅甚至将我们与家人隔开的墙壁，与我们最初在森林中的群居生活截然不同。

在日本，人们非常重视隐私，甚至共处于狭小空间中的人们——比如地铁——也会避免目光的对视。一名高级主管可以在高峰期的地铁车厢读色情杂志，并且不必担心周围的人会转头偷瞄他阅读的内容。

说到工作，我们也十分清楚，时间、任务和完成目标的压力都是城市生活的衍生品。在我们将自己从天堂驱逐以前，不信上帝的人类靠采摘和打猎为生，根据季节和生命周期寻获不同的食物。

当然，我们不会返回洞穴生活，也不会重拾游牧猎人的身份。然而，是否想要再次享受伊甸园的美好取决于我们自身,取决于我们是否能够重新获得大自然的治愈魔力——它远非我们以为的那么遥远。

那即是"森林浴"。

城市的压力

城市不仅仅让我们在密集的人群中感到孤独。越来越多的研究证明，长期生活在人口过多的环境中并远离大自然会造成许多心理灾难。

用马自达·阿德里医生的话来说，如果人口密度过大，人们与外界隔绝孤立，那么城市的压力将可能造成心理疾病。

在 TED 柏林的一场演讲中，这位柏林洪堡大学的精神病医生和教授指出，我们的大脑进化程度还不足以应付高密度人口的社会，因此生活在这样的社会将引起各种各样与焦虑相关的紊乱。

马自达·阿德里同时也指出，与全球变暖相比，城市生活对人类健康的影响有过之而无不及。统计数据显示，生活在城市中的居民患忧郁症的几率比生活在自然环境中的居民高出 40%，患精神分裂症的几率更是后者的两倍。

是什么造成了这种差异？

其中一种假设认为，城市中持续存在的刺激、街道的噪声、大量的人群和无处不在的广告让我们体内的多巴胺无法正常运作。

多巴胺这种神经递质控制愉悦感官，尤其是放松，对整个大脑的运转非常重要。多巴胺的缺乏会影响所有认知和情感过程，这也是许多心理疾病患者身上常见的问题。

一群荷兰医学研究者指出："城市生活很有可能是多巴胺分泌开始减少的原因之一。研究证明，许多长时间生活在压力下的人都有这种问题。"

一项具有启迪性的实验

在不久前进行的一项研究中，研究对象被分为两组，其中一组佩戴虚拟实境（VR）眼镜行走在城市之中，而另一组则行走在被大自然包围的环境中。在实验过程中，研究者测量了参与者的多项生理指标，发现即使在虚拟世界，行走在城市中也导致压力的急剧增加，并造成负面情绪。

对视力和听力的过度刺激，以及无处不在的人群，让参与者感到压抑，因此造成负面情绪的产生。

正念练习

为时八周的正念减压疗法（MBSR）的创始人为乔恩·卡巴·金博士。其中一项练习内容是将安静的散步（譬如在田野间的散步）与在城市中心带着压力散步进行对比。

在这项练习中，参与者在一间挤满人的房间里快速步行，每走几步就改变方向，并且努力避免与他人相撞。正如安静的散步能有助于降低身体和心理的压力，在匆忙行走的人群中步行会让人的压力陡然剧增，甚至一些参与者还差点经历恐慌发作（panic attack）。

然而，这项在安静的教室里进行的练习比真实世界的体验要轻松得多。在真实生活的街道上，不仅充满着各种噪声（和其他刺激），而且许多人在压力下一边走路一边用手机，因此看不见其他路人，甚至与之相撞。

在大城市，由于空间的缺乏，兴建起了许多高层公寓。研究表明，与住别墅或较低层的建筑相比，住在高层建筑里会造成更多压力问题和神经机能病症，甚至影响儿童的成长。

专长建筑的《卫报》记者乔伊·加德纳在一篇文章中提到科林·埃拉德教授的研究，后者在多伦多市中心的高楼大厦之间漫步时，意识到："我突然发现，这些新建起的城市枪炮让我感到十分黑暗、阴郁且悲哀。"

这名滑铁卢大学的神经学教授是研究环境对人类身心影响的专家，他就此决定研究是否其他人也有同样的感受。

他使用前文提到过的虚拟实境（VR）进行实验，发现高楼的包围对人类造成巨大的负面影响。

这一结果与诸如伦敦这样的城市的商业现实相悖，后者正在兴建四百多栋摩天高楼。如何在这种居住环境下保持身体和心理的健康？

我们再次得到相同的答案：接触大自然，定期地"在森林中沐浴"。

乡间的生活	城市的生活
心理疾病的风险较低	心理疾病的风险较高
大自然的寂静或声音	噪声和恼怒
与较少人来往，但社会关系更加深厚	与许多人打交道，却与邻居形如路人
丰富的绿色 ①	缺乏绿色，灰色是主色调
曲线或不规则的线条	棱角和直线 ②
皮质醇及其他许多压力指数较低	皮质醇（压力荷尔蒙）较高

---

① 关于绿色的益处的研究结果表明，哪怕在办公室种植植物或装饰绿色的海报，也能减少雇员的压力。——原注
② 棱角和直线让我们感到威胁性，因为我们下意识地把它们看作是反大自然的，认为它们可能会带来危害。——原注

蓝色区域，绿色城市

接触大自然有益健康的证据之一是蓝色区域：那是世界上长寿者聚居的五个地区。

所有五个蓝色区域都被大自然包围，城市化的痕迹稀少。

在写作《Ikigai：冲绳岛幸福长寿秘诀》一书时，我们走访了其中一个蓝色区域，位于冲绳岛北部被称为"百岁老人村"的村落，那里的居民生活在丛林与大海的怀抱中。

其他四个蓝色区域也都位于乡间，居住在那里的居民长期与绿色接触。

在位于撒丁岛的努奥罗省和奥里亚斯特拉省有许许多多的小村落，那里的百岁老人从一个村落走到另一个村落，其中一些还依然在乡间牧羊。

加利福尼亚州的罗马琳达是另一个蓝色区域。那里的人口不到两万，居民们不仅维持紧密的社区邻里关系，而且居住在散落于森林和绿地里的小木屋里。

在位于哥斯达黎加的尼科亚半岛，居民们与冲绳岛北部的日本百岁老人类似，也生活在森林里。

第五个蓝色区域是希腊的伊卡利亚岛。那是一个多山的海岛，乡村散落在森林里，可眺望海景。该岛的居民总数不超过一万人。

这些地区的居民除了受益于"森林浴"的直接功效以外，其长寿的另一重要原因在于他们食用自己栽种的食物。

未来的城市

尽管全世界人口中只有极少一部分生活在蓝色区域，但如今越来越多的城市居民意识到在城市里融入大自然的必要性。日本即是范例之一。

虽然东京是一个拥有成千上万栋摩天大楼的大都会，却几乎没人住在高楼林立的地区。大多数居民住在远离市中心的地方，其中许多人住在城市周边的小屋。

一旦远离主要的火车站，就会发现街道开始变得弯曲，公园仿佛磁铁似的，吸引房屋和其他设施都围绕着它而建。

世田谷区、中野区和文京区是东京市区展示这一现象的典范街区。在那里漫步，每隔不到五分钟就能遇见一座被树木包围的寺庙，或者一座让人忘记身处大城市的花园。也许正因如此，这些街区常常成为村上春树小说里的主角。

假如从空中鸟瞰，东京是一座不规则的碎片型城市，三块大型的绿肺十分引人注目：皇居、代代木公园和新宿御苑。

登上东京任何一座摩天高楼，我们将会看见世界上最大的城区之一。然而，当我们看向远方，在地平线上永远屹立着绿色的丹泽山和奥多摩町山——它们位于关东地方的分界线。在这两座山脉的后面，雄伟壮丽的富士山巍然屹立。

尽管日本有许多大城市，但那些城市几乎从不会侵占山脉。与之相反，城市向海边蔓延，修建起人工岛屿，然后在那里兴建机场和住宅。

在许多人口问题并非如此紧迫的欧洲城市，为了让城市更加宜居，避免出现多伦多教授提到的城市疏离感，市政建设对城市的规划有所限制。

比如，在巴塞罗那，商务区以外的地区不允许修建摩天高楼。建筑不能超过八层楼高，而在步行街区（亦是文艺街区）格拉西亚，建筑则不允许超过四层。

提到巴塞罗那的建筑，就不能不提到将大自然的语言运用在建筑中的先锋建筑师安东尼·高迪。这位圣家堂的设计师基于"原创性即是回到源头"的理念，指出"直线属于人类，而曲线属于上帝"。

一如我们将在后面章节介绍的侘寂的概念，他深知直线并不属于大自然，因此在桂尔公园等建筑中，一切都是天然的、弯曲的，模仿在远离城市的大自然等待我们的元素。

一棵美丽的大树

无论生活在什么地方，每个人的内心深处都渴望回到大自然。城市里的孩子就能证明这一点。尽管那些孩子成长于水泥森林,但当他们来到田野,看见一棵与之高度相当的树木时,自然反应即是爬到树上去。

我们每个人在小时候都曾幻想过拥有一座建在树上的小木屋。如今,越来越多的生态酒店让我们童年的梦想成真。毫无疑问,伴随着微风吹过树叶的沙沙声入睡,在鸟儿的鸣唱中醒来,是多么令人兴奋的体验!

灵魂的奏鸣曲

"身为鸟类学家,我常常以鸟儿的鸣叫作为我生活的奏鸣曲,这对我的心智和灵魂都十分有益。鸟儿的鸣叫让我们接近大自然,将地点和回忆与声音联系起来……这是所有人都可以获得的简单的快乐,即使生活在城市里的人也能享受它。"

英国国家名胜古迹信托(National Trust)生态学者彼得·布拉什

虽然无法给自己安排一场田园诗般的旅行，但在这本书中，我们将介绍如何让这"绿色的沐浴"进驻到我们的日常生活中。

在开始练习以前，我们首先将在接下来的章节中讨论为什么树木在精神的传统中如此具有启示性。

赫尔曼·黑塞在一九二〇年出版的附有十三幅大自然水彩画的随想集《流浪》中，赞颂了树木的这种神圣品质："树木总是授予我最深刻的布道。我尊重在森林或树丛中群居的树木。然而，我更尊重离群索居的树木。它们犹如独居的人。它们并非像隐居者那样因某个弱点而退隐，而是像诸如贝多芬和尼采那般伟大的孤独的人。它们高高在上的枝干与世界私语，树根无穷无尽；但它们并不自暴自弃，而是为了唯一的目的全力奋斗：为了遵守自身的规定，自我发展，也代表着自己。没有什么比一棵美丽的大树更神圣、更受人尊敬。"

II. 回到伊甸园

菩提树

释迦牟尼的生平与本书第一章末提到的赫尔曼·黑塞的见解不谋而合。在修炼了多年苦行、经历了各种磨难和牺牲之后,最终却是坐在一棵树下悟道成佛。

释迦牟尼出身为太子,在外出巡游时偶遇了一位老人、一位病人和一位死者之后,为了找到人受苦受难的原因,出家修道。无论是严格的苦行僧禁欲生活,还是与其他寻道者一起修炼的苦行,都未能带给他答案。

最后,他在一棵树下受到了启示。释迦牟尼看见一棵高大的无花果树,决定坐在树下,发誓如果不能悟出人受苦受难的真相,就永不起身。

悟道的天然寺庙

相传,释迦牟尼在无花果树下坐了整整七个星期。当暴风雨来临时,七头蛇目支邻陀从树根下钻出来,缠绕住释迦牟尼全身,像潜水服一样为后者遮挡风雨。

最终,释迦牟尼成功悟道("觉"),成为佛陀。任何寺庙、师父或智者都没能助他悟道,但他在这棵树的寂静中悟出了佛教的精髓:人类之所以遭受苦难,是出于欲望,既包括想要获得新事物的欲望,也包括想要留住已有事物的欲望——即眷念。我们在无常的世界(一切都在改变、死亡、迁移)紧紧抓住一切,于是才会害怕失去。

假如我们摒弃欲望和眷念,活在当下,那么苦难也就会消失不见。

佛祖十分感激那棵让他得以悟道的树。据说,他整整一个星期不眨眼睛地看着那棵无花果树。

从那一刻起,菩提树就成为了朝圣之地。在佛教传播后,它的名声更是只增不减。

被公认为印度的创建者的阿育王(公元前304年

至前232年），每年都会前往朝拜这棵神圣的无花果树，甚至出资举办庆典来颂扬它。阿育王对菩提树的仰慕招来了他妻子的嫉妒，在她登上王位后，下令以毒刺杀死菩提树。

然而，虔诚的信徒在同一个地点种植了那棵无花果树的新枝，直到今天，它依然屹立在印度东北部的菩提伽耶。

现今，这棵树在宏伟的摩诃菩提寺（梵文意为"伟大的觉悟"）内，受成千上万名信徒朝拜。信徒们安静地走近菩提树，仿佛释迦牟尼两千五百年后依然在树下沉思。

其他一些值得参观的树

----

1. "生命之树"。这棵四百多年的刺槐位于巴林的沙漠中，是世界上最孤立的一棵树。在它周围许多公里的范围内，都找不到一滴水，因此，它的生命成为了一个谜。一些当地的神秘论认为这棵树是伊甸园的

幸存者。

2."雪曼将军树"。在美国红杉树国家公园内，屹立着这棵世界上最大的树。这棵树的树龄超过两千年，底部最大直径达十一米。

3."图莱（Tule）树"。这棵位于墨西哥瓦哈卡州的墨西哥柏树拥有世界上最粗的树干，树干直径达四十二米。需要三十个人手拉手才能抱住这棵树，而在它的树荫下更是可容纳多达五百人。

鲜活的例子

然而，佛祖的事迹并非是唯一的例子。自古以来，许多神秘主义者都走进树林，寻找启示和灵感。

对于冥想者而言，其原因显而易见：树木让冥思这一行为的姿势和精髓具象化。稳稳地坐在土地上，像瑜伽士那样，直到过程结束才站起身来。树干是冥思者的背，让背部在庄重的仪式中笔直挺拔，而树冠则是头。

在冥想中，大脑里可能会出现成百上千个想法，犹如在微风中摇摆的树叶。但不要对那些想法做出判决，也不要试图掌控或者拒绝那些想法；把它们放过去。想法，不过是随风摇曳的树叶罢了。

与那些想法和念头迥然不同的，是冥思者坚定的心，以及作为深厚大地与广阔天空之间的桥梁的树。

树木带给我们宁静与庄严的鲜活例子即是邀请阅读者（还有什么比在树下读一本好书更美妙的事吗？）、作家、艺术家、哲学家和科学家来树荫下坐坐。

这么说来，科学历史上最重要的发现之一——牛顿万有引力定律——是在一棵苹果树下被发现的，也就不足为奇了。

开花爷爷：让枯树开花的长者

在一则日本童话中，一对膝下无子的老夫妇养了一只小狗，在山里过着安宁的生活。某天早晨，小狗在屋子后面的一棵无花果树旁刨土，并发出汪汪的叫声，呼唤它的主人。

它发现了一个箱子，箱子里满是金币！

一位邻居在得知了此事后，认为那只小狗拥有超能力，于是从老夫妇那里把狗借了过来。他多次强迫小狗挖宝，但都无功而返，于是他非常愤怒。

迁怒于小狗的邻居非但没有把狗还给老夫妇，反而将它杀死，并埋在小狗发现金币的无花果树旁。

发生的这一切让老夫妇伤心欲绝，十分思念小狗的他们常常在梦里见到它。某天夜里，小狗在梦里对它的主人说："你得把无花果树砍下来，用木头做一个臼，用来做麻糬。"

老夫在醒来后与妻子聊起那个奇怪的请求，尽管他们实在不忍心砍树，但还是决定了却他们好朋友的心愿。

他们按照小狗的指示，用从无花果树砍下来的木头制作了一个臼，并用它来做麻糬。神奇的事情发生了！他们每在臼里敲打一次，糯米都会变成金粉。

这个消息传到了那个邻居的耳朵里，后者再一次来到老夫妇家，向他们借用那个臼。尽管之前他把小狗杀死了，但那对善良的老夫妇还是把臼借给了他。

那个邻居确信自己一定也可以将普普通通的米变成巨大的财富，于是他开始在臼里面敲打糯米。当他眼睁睁看着粮食变成了腐烂的浆汁时，勃然大怒。

他把臼还给老夫妇，并要求他们向他解释这到底是怎么回事。最终，老夫妇为了平息邻居的愤怒，决定当着他的面把臼烧毁。

当天晚上，小狗再次出现在主人的梦里，它说："请将臼的灰烬撒在樱花树的周围。"

那时距离春天还很遥远，但老夫妇一早起床就按照小狗的指示，把灰烬撒在了樱花树的四周。他们看见樱花立即盛开起来,惊喜不已。

不过几个小时,山上和小路上的樱花全都盛开了,呈现出前所未有的美景。

欣喜若狂的老夫妇在几株枯死了很长一段时间的樱花树周围也撒了一些灰烬,没想到这些树又活了过来,开满美丽的花儿。

大名①在经过那片土地时,也被那神奇的美景深深吸引。在他得知那奇迹是出自一对老夫妇之手后,赐予了他们许多贵重的礼物,作为奖赏。

心怀妒忌的邻居从老夫妇那里抢了一把灰烬,把它们撒在一棵枯树边,也想要得到大名的赞赏和恩赐。然而,一阵风把灰烬吹了起来,吹到了大名的眼睛里,惹恼了大名,将他关进了监狱。

大自然的报酬

这则童话和许多日本故事一样,听起来有些离奇、

---

① 大名是日本封建时代对一个较大地域领主的称呼,由名主一词转变而来。

并充满了想象力。然而，它却可以帮助我们理解"森林浴"的本质。

在大自然里，一切转变都是为了成为更好的事物。死去的小狗变成了一位夜间出现的智者；无花果树可以将糯米变成黄金；无花果树的灰烬则成为了让枯树获得新生的肥料。

同样，走进森林的人也会发生改变，森林带给人们的会是比童话里的黄金更值钱的东西：精神的安宁、和谐，心智的平衡，改变生活的新想法。

然而，要做到这一点，需要保持聆听大自然的态度。在故事中，那个邻居之所以什么都没得到，是因为他一心贪婪于物质上的财富；那对爱狗的夫妇则恰恰相反，他们聆听大自然的声音，于是才获得了许多财富。

《开花爷爷》的故事中所展现的日本神话也出现在许多吉卜力工作室的电影中，比如拥有特异功能的树，会说话的动物，以及神道信仰。概括来说，它们体现的都是生物之间的相互关联。

我们再回过头来看"森林浴"，故事所传递的信息非常明确：我们交付给大自然的一切，包括付出的时间、精力和关怀，都会获得大自然超额的报酬。这些报酬可能是健康、平和，或灵感。

竹林里的智者

在中国传统文化中,大自然和修身养性之间也存在着非常紧密的关系。"竹林七贤"即是最佳的佐证。他们是公元三世纪的七位名士,其中有诗人、艺术家和哲学家。

"竹林七贤"常常在竹林间畅饮聚会,聊天,创作,吟诗,弹琴。他们远离官场是非,退隐在大自然中。他们聚会的竹林位于河南省,在七贤之一嵇康的寓所附近。嵇康与七贤中另一成员阮籍的感情非常亲密,被形容为"坚如金,香如兰"。

这七位玄学名士在大自然中享受着简单的生活。他们逃离政治纷争,在竹林的阴影下,创建了一个艺术和自由思想的庇护所。据传,他们之间非常有默契,甚至可以不用言语,只需要一个细微的表情或微笑就可以交流。

发自心底的诗

阮籍因八首将当时城市生活的轻浮肤浅与森林的纯粹安宁相对比的诗歌而闻名。下面是其中的一首：

北临干昧溪，西行游少任。
遥顾望天津，骀荡乐我心。
绮靡存亡门，一游不再寻。
倪遇晨风鸟，飞驾出南林。
漭瀁摇光中，忽忽肆荒淫。
休息晏清都，超世又谁禁。

森林里的哲学探讨

"竹林七贤"不仅是各自领域里的博学者，也热衷"清谈"。"清谈"可理解为"清雅的谈话"，指人们自由地就美学、哲学和形而上学的命题进行深入的讨论，类似于古希腊哲学家的辩论。

人们提出充满智慧的分析现实的观点，或定义某些观点，并就此探索存在的意义、生活的艺术和人类独有的感受。

从"竹林七贤"开始，"清谈"在接下来几个世纪也继续受到高士名流的青睐。其中一些对话和反思被收录在五世纪的"笔记小说"《世说新语》中，由刘义庆编撰。

中国文化是退隐大自然的先锋。

道的和谐

"竹林七贤"生活在儒家思想根深蒂固的年代，因此，他们那自由的灵魂为朝廷所不容。

他们七人并不循规蹈矩，而是追随道家思想，寻找生命的自然能量。在他们看来，远离城市的物质生活、与大自然和谐为一的人同时也能够与自己和平相处。

"竹林七贤"不仅过着神秘而不羁的生活，他们中的几人还由于对大自然的观察而开始炼丹。

同古希腊的犬儒主义者一样，这七位生活在竹林里的名士也被社会戴上怪诞或疯癫的帽子，他们会好几个小时地就某个艺术或哲学话题进行辩论、吟诵诗歌或弹奏精美的乐器，同时，他们也会喝得酩酊大醉而失去理智，在竹林里赤身起舞。

他们将远离常规视作人生的座右铭。

其中最出格的是刘伶，他嗜酒如命，并喜欢赤身裸体。相传，有一天，一位客人前来拜访，在看见赤身裸体的刘伶时大惊失色。

后者察觉到访客的惊讶，刘伶说道：

"我以天地为栋宇，屋室为裈衣。诸君何为如我裈中？"

凯尔特树林

古老的凯尔特文化也将树林作为宇宙的中心。他们相信,生命流逝于枝繁叶茂之间,流逝于动物和生灵乱窜的丛林小路之间。

树林赋予他们家、食物、冬季的温暖、建造屋子和船只的木材,树林更是他们灵魂的栖息地。

在经过了几代人对树林的生命周期和现象的观察和学习后,树林成为了凯尔特人神话的主心骨,并被赋予神圣的光环。

古凯尔特人用德鲁伊①或僧侣作为中间人,来与大自然交流,并向神灵祈求。事实上,古凯尔特人与树林的关系非常亲密,他们常常住在树林里,几乎从不涉足村庄。

---

① 在凯尔特神话中,德鲁伊具有与众神对话的超能力。

像梅林①这般的欧洲森林智者在神学和医学方面博学多才，在他们所处的社区拥有极高的地位，是真真正正的领袖。

生命之树的三个维度

古凯尔特人将树分成三个带有象征意义的部分。第一部分是树干，它是用来取暖和满足温饱的材料。第二个空间是隐藏在土地里的树根，隐喻着大自然所有的智慧都可以被珍藏。最后一部分是伸向天空的树冠，超越人类的界限。

于是，每一棵树都体现着人类的这三个维度：

● 我们照顾自己和爱人、为身体取暖的能力。

● 带给我们生命之果、自然之秘和生存之道的智慧。

● 超越日常生活、探寻生命的意义的渴望。

---

① Merlin，英格兰及威尔士神话中的传奇魔法师，法力强大且充满睿智，能预知未来。

这个三维宇宙论通过生命之树得以体现。直到今天，依然可以在凯尔特护身符、徽章或各种与凯尔特文化相关的物件中看到这个图案。

生命之树通过树将天与地连接起来，展现了人类的三个维度。

作为通过仪式① 的森林

与日本神道相似，凯尔特人的寺庙是神圣的森林。

---

① 通过仪式表示一个人从生命中的一个阶段进入另一个阶段的过程，它包括出生、成年、结婚和死亡4个阶段。

其中一些寺庙只对修行者开放，并赋予修行者神奇的力量。我们可以在北欧的大部分地区找到这样的寺庙，凯尔特人一直居住在那里，直到被罗马人和日耳曼人占领。

神圣的森林是崇拜神灵的地方，那些神灵通常都与树木及大自然相关。精灵和神奇的动物也是神话的组成部分之一，它们总是出现在茂密的丛林深处，那里也是凯尔特神话发生的背景，芬恩·麦克库尔①在那里捕猎，库胡林②前往"影之国"的途中也布满了森林。

库胡林因其英勇事迹而被称为爱尔兰的阿喀琉斯③，他为了吸引阿尔斯特④最美丽的少女艾玛的注意而努力想要成为英雄。于是，他穿越危险重重、据传会将人吞噬的森林，前往传奇女战士斯卡塔

---

① 芬恩·麦克库尔（Fionn mac Cumhaill），凯尔特神话中的猎人勇士。
② 库胡林（Cu Chulainn），凯尔特神话人物，半人半神的英雄。
③ 阿喀琉斯（Achilles），古希腊神话和文学中的英雄人物，参与了特洛伊战争，被称为"希腊第一勇士"。
④ 阿尔斯特（Ulster），爱尔兰4个历史省份之一，位于爱尔兰岛东北部。

赫①所在的"影之国"去接受她的教导。

在当今社会,"黑森林"的神话依旧引起强烈反响,譬如最近的连续剧《怪奇物语》②。在该剧中,一棵树的树干(与《爱丽丝梦游仙境》一样)是进入一个充满危险的世界的入口,剧中的主角们需要勇气十足去战胜危险。

在很多文明中,森林都作为从童年到成年的"通过仪式"。在传统非洲或亚马逊文化中,青少年需要在森林里待上几天,接受捕猎和自卫的挑战。只有在通过了这些挑战、迈过了森林这道门槛后,他们才能作为被赋予了能力的成年人回到部落,担负起成年人生活的责任。

对于我们这些住在城市里的人来说,森林太过遥远了。即使一段短暂的重返森林的旅程,也会让我们发生许多改变。

---

① 斯卡塔赫(Scáthach),凯尔特神话中冥界"影之国"女王,拥有超强力量、擅长军事和战斗的女战神。
② 《怪奇物语》(*Stranger things*),由杜夫兄弟创作的美国科幻恐怖连续剧。

森林浴：拥抱树木

　　这个仪式最初于德鲁伊时代开始流行，后来受威卡教信徒追捧，再次兴起。其专业的名称为树疗。

　　譬如，在澳大利亚炎热的夏季，考拉会抱在桉树或刺槐树上来乘凉。这样它们可以减少下树喝水的次数，并降低遭遇捕食者的风险。

　　马修·西尔维斯通在《被科学蒙蔽》一书中指出，既然人很有可能是其自身的捕食者，因此，拥抱树木可以减缓焦虑，让我们释放消极的念头。他指出，拥抱树木的功效与树干发出的几乎难以察觉的振动有关。我们无法意识到树干发出的振动，但我们的器官却可以感觉到，并因此能够让身体在不需要处方也不需要其他外物作用的情况下，直接从大自然获得平衡。

威卡教：现代巫术

　　古凯尔特人对树木的崇拜被一门新异教主义宗

教传承到今天。这门宗教于二十世纪中叶由杰拉尔德·加德纳在英格兰建立。

加德纳的家庭经营从婆罗洲和马来西亚进口贵重木材的生意，因此，他在亚洲度过了一生中大部分时光。直到一九三六年，他决定返回英格兰。在那里，他成为天然主义者（他相信日光浴的诸多益处），并开始对凯尔特人的巫术感兴趣。

他通过一个名叫多萝西·克拉特巴克的女巫接触到巫术，开始撰写相关著作，并与异教女祭司多琳·瓦利安特一起创建了一个叫作"威卡"的新宗教的仪式，"威卡"在古英语中的意思为"巫师"。

在加德纳于一九六四年离世时，这个基于凯尔特巫术的信仰已经蔓延至全世界。事实上，威卡教的十三个教义是在十年后由美国女巫会撰写的。以下是前两个教义：

1. 我们练习仪式的目的是为了与生命力量的自然韵律相谐和。大自然的韵律取决于月亮的相位和季节的交替。

2. 我们坚信，人类的智慧让我们需要为周遭的环境负责。我们希望与大自然和睦相处，在演变的概念中有意识地寻求生态平衡。

尽管威卡教的信徒在其中一条中并未否定使用传统药物的治疗，但最后一条教义则与"森林浴"的精髓相通：

13. 我们深信，人类应该在大自然中寻找那些有益于我们的健康和幸福的东西。

他们的信仰基于由一个男神和一个女神组成的二元神，在威卡教的不同学派中，他们代表着大自然中的不同元素。对于折衷派的威卡教徒而言，女神是月亮和大海，而男神则是森林和动物。

这个新异教主义宗教深信我们与大自然以及其他生物之间的亲密关系，它们都是我们的兄弟姐妹。

用多琳·瓦利安特的话来说，"事实上，魔法就在我们身边：在石头里，在花丛中，在星空，在黄昏的微风，在黎明的云朵；我们所需要的不过是能够看见并体会它的能力。"

梭罗的冒险

在讨论了森林魔法在各种古老神学和宗教中的角色后,我们再来看看现代世界。

谁未曾有过舍弃一切、隐居到被大自然包围的某间茅屋里的念头?"买一座深林,迷失在林中"说的正是这个概念,美国十九世纪哲学家和隐逸生活先驱亨利·梭罗记录了他在树林里的生活。

梭罗对自然历史以及与自然相关的元素了如指掌,在达尔文的《小猎犬号航海记》出版后他也紧密关注达尔文的著作。然而,从本质上改变了他的生活的则是他将在日记《瓦尔登湖》中描述的挑战和体验。

两年,两个月,又两天

他因为厌世而决定离开位于康科德镇的寓所,到森林中的小屋住了一段时间：两年，两个月，又两天。

我生活的地方；我为何生活

"我到林中去，因为我希望谨慎地生活，只面对生活的基本事实，看看我是否学得到生活要教育我的东西，免得到了临死的时候，才发现我根本就没有生活过。我不希望度过非生活的生活。我也不愿意去修行过隐逸的生活，除非是万不得已。我要深刻地生活，把生命的精髓都吸收到，要生活得稳稳当当，生活得斯巴达式的，以便根除一切非生活的东西……"

亨利·戴维·梭罗

尽管相传梭罗是在瓦尔登湖畔自行修建了小木屋，但事实上他不过是把之前就已存在的木屋整修了一番。他在湖畔的生活也并非苦行者式的。他每天都会去历史悠久的康科德镇以及邻近的列克星敦镇（美国独立战争的发起地）购买食物和报纸，有时候甚至会和家人聚会。

去湖畔小屋拜访梭罗的人也不少。其中最引人注目的要数当代最著名作家之一的纳撒尼尔·霍桑[1]，他常常去瓦尔登湖与梭罗畅谈。

尽管这些事实也许可以"去神化"梭罗的隐逸生活，但他在全书的开端这样写道：

"当我写出下列篇章、更确切地说是其中的大部分篇章的时候，我是独自生活在马萨诸塞州康科德镇瓦尔登湖旁森林中一所我自己盖的小屋里，周围一英里之内没有任何邻居，完全依靠双手的劳动养活自己。我在那里生活了两年又两个月。目前，我又是文明生活里的过客了。"

住在大自然中的那段时期，除了偶尔的例外，梭罗都是独自一人在森林里过着沉思的生活。那段经历让梭罗发生了改变。然而，他做那场实验的目的是什么？

---

[1] 纳撒尼尔·霍桑（Nathaniel Hawthorne 1804—1864），美国小说家，其代表作品《红字》为世界文学的经典之一。

其中最主要的目的，是为了证明在大自然中的生活可以为人类提供一切所需的东西：真正的自由和对自己的认知。

在森林里的小屋生活了一段时间后，梭罗觉得自己应该重返城市。然而，在森林里学到的东西将伴随他余下的一生。

在森林里散步

这位美国哲学家并没有远离大自然，也没有停止对大自然的思考，在七年后，他写下了《散步》一书，该书的开篇即宣告了他的目的：

"我想为大自然说几句话，为纯粹的自由和原始的状态说几句话——它们与文明社会的自由与文化相对立；我们应该把人类看作大自然的居民或组成大自然的一部分，而非仅仅是社会的一员。"

大自然是人类真正的庇护所，正因如此，梭罗提倡人类应该返回生命在几千年前发源的地方。人类需要用返回森林来圆满这个圈。只有在那里,在户外,头顶树冠和蓝天,我们的灵魂才能获得真正的自由——那是连家的舒适也无法赋予我们的。

《瓦尔登湖》的作者在这本书里讨论了一些散步的益处,但他并不提倡在城市中的混凝土迷宫里散步,而是应该到枝繁叶茂的森林里去。

事实上,他在书里解释了为什么在很多时候这种情况会自行发生:

"我们在散步的时候,会自然而然地走向田野和森林:假如只在花园或街道上散步,我们会变成什么样呢?(……)不必说,假如只是向森林迈出脚步而并非受它吸引而前往,将对我们毫无益处。当我的身体向着森林走了一里路,但精神却没有走向森林时,我会感到惶惶不安。

"每天下午散步时,我喜欢忘掉上午做的事,也忘掉我在社会中的义务。但有时候我无法轻易地摆脱日常生活。我的脑子里记起某件事,我不再与我的身体在一起,而是脱离在身体之外。我希望通过散步回到自己的体内。

"假如心里在想着别的事情，置身于森林中又有什么意义呢？当我惊讶地发现自己心里一团乱麻时——甚至有时候心里想着的是一些好事，我开始自我怀疑，忍不住颤抖。"

梭罗在不自知的情况下写就了一小段"森林浴"的使用手册。我们将在本书的第五部分讨论它的练习方法。

公路的修建是为了缩短从一点到另一点的时间，而并不是为了让人们在那里随心地散步。散步应该到自行形成的道路，由土壤组成而没有铺沥青的道路。因为正如梭罗写道的："有些时候，所有堆积的焦虑和力气都在大自然的冷寂和安宁中得到抚慰。"

所有恶的种子

梭罗认为，现代人类生理和心理的疾病都源自人们将自己关在四面墙壁中的反自然的生活。人们只在需要采购或办事的时候才短暂地融入城市，但很快即回到闭关的生活中去。他这样写道：

"就我个人而言，假如我在房间里待上一整天，我就会感到身体僵硬。有些时候，我在下午的最后一刻挤出时间来散步——在下午四点，对于一天而言已经太晚了，夜晚的影子已经开始与日光混淆在一起了，我会感到自己好似犯下了大过，需要赎罪。那些日复一日、周复一周、月复一月甚至年复一年将自己幽禁在作坊或办公室里的邻居让我惊讶不已，我无法理解他们的忍耐力，更别提他们内心的麻木不仁……

"我不知道女人是如何忍受这一切的，她们比男人更少出门；然而，我怀疑她们中的大多数也对此忍无可忍。"

尽管我们无法像这位十九世纪的思想家那样每天都可以在森林里散步，但最重要的是在心里清楚我们的大自然舞台是哪里，并至少每周回到那里去一次。

就像信徒周期性地前往拜神一样，假如我们明白灵魂所需要的是什么，我们就会返回到人类的家园——事实上，它也是所有生物的家园：大自然。

III. "森林浴"的科学

那些无法杀死我们的，会让我们更强大

标题里的这句话出自尼采之口。我们即将在下文中发现，这句话出乎意料地与"森林浴"背后的科学息息相关。

看过《七龙珠》的人都知道仙豆的魔力。当赛亚人身受重伤、濒临死亡时，只要吃一颗仙豆，就能迅速恢复伤势，并且比受伤前拥有更强的战斗力。

对于《七龙珠》里的赛亚人而言，受少量的伤对身体反而有益，因为它可以让其战斗力苏醒。

这并非幻想，也不是出自某个哲学家的格言，"森林浴"疗效的科学基础即建立在相同的原理之上。在这一章，我们将了解大自然是如何悄悄通过小剂量的伤害来让我们变得更加强大。

从传统到科学

我们常常以为所有基于传统的信仰都处于科学的对立面,然而,在很多时候,两者之间拥有着某种联系。在人类历史的绝大部分时期,我们都应用"非科学"的策略来求生。终归到底,在与世界打交道的过程中,我们总是运用"试错法",而后者正是科学的基础。

我们通过尝试一种或另一种方法来发现该方法是否可行。

有一些传统已经消失,而另一些则有利于我们的生存。就传统药物而言,在几千年的历史中,假如某一种药剂无法治愈疾病,服用该药剂的人则会死去;而假如另一种药可以治病,那我们则会继续使用它。

直到最近几个世纪,我们才学会用恰当的科学方法来研究我们本能地通过传统了解到的事物。关于这一点,我们将会在后文讲到森林的治愈能力。

在二十世纪初，森田正马医生①带领他的病人每天到森林里散步、砍柴，因为他知道大自然对身体和心理拥有超过许多药物的治愈功能。假如他能够获得我们在今天收集到的数据，我们将可以与他分享这一章节，让他看见自己的想法得以证实。

事实上，日本人从几千年前起，就将大自然作为治疗的方式。日本神道把大自然作为生命的中心，而森林则是信徒寻求答案的寺庙。佛教寺庙中的禅坐通常也发生在自然环境中。甚至在城市里，禅室的窗户常常也开向种满树木的花园。

禅宗里的行禅，又称为经行，通常也选择在森林或花园里进行。

这一类将健康和心态平和与大自然联系起来的传统直到上世纪八十年代才得到科学的证明。

我们将在下一节详细探讨日本科学如何研究森林对健康的影响。在此之前，让我们先看看适度的受伤怎样能让我们变得更强大。

---

① 我们的第一本书《Ikigai：冲绳岛幸福长寿秘诀》中将其中一个章节献给这位创造了森田疗法的日本医学家。——原注

为此，我们将追溯到两千年前的历史。

米特里达梯六世① 的"超级解毒剂"

这位公元前 120 年至公元前 63 年在位的本都王国（安纳托利亚）的国王在夺得王位前不得不先杀死他的敌人们，其中包括他的兄弟和母亲。

他的疑心始于他的父亲——米特里达梯五世——在酒宴中被人下毒毒死。由于他和他的兄弟都还未成年，他的母亲掌控了大权。米特里达梯六世怀疑是他母亲毒死了父亲，于是他开始寻找解毒剂。为此，他跑到一个离家很远的森林里生活。

为了获得对毒药的免疫力，米特里达梯六世开始尝试服用少量蛇做的毒药。有时候，他甚至用囚犯来做实验，看看超过多少剂量的毒药会要了人命。

渐渐地，他发明出一种混合了许多植物和动物成

---

① 米特里达梯六世（Mithridates VI 前 132～前 131—前 63），本都王国的一位国王。

分的"超级解毒剂",它被后世称为"米特里达梯解毒剂"。他发现,服用少量这种解毒剂可以让他对许多毒药产生免疫力。

公元30年,古罗马学者凯尔苏斯在古代医学最重要的著作之一《医学》中汇总并解释了"米特里达梯解毒剂"的成分。我们将在下面展示该解毒剂的成分,虽然我们并不提倡读者用它来复制其发明者的实验。

"米特里达梯解毒剂"的成分

它包含艾菊1.66克,菖蒲20克,金丝桃、树胶、波斯阿魏、合金欢汁、伊利里亚鸢尾、白豆蔻各8克,茴芹12克,高卢甘松、龙胆根和干蔷薇叶各16克,罂粟和香芹各17克,桂皮、虎耳草、毒麦、长胡椒各20.66克,安息香(安息香树脂)21克,海狸香、乳香、大花寄生草汁、没药、愈伤草各24克,三条筋叶24克,灯芯草的花、松脂、波斯树脂、克里特胡萝卜种各24.66克,甘松和麦加香脂各25

克，荠菜 25 克，大黄根 28 克，番红花、姜、肉桂各 29 克。

- 所有这些原料被捣碎后与蜂蜜搅和在一起。
- 取杏仁大小的一块，溶解于葡萄酒中服用，即可用于防止中毒。若用于治疗其他疾病，则只需要取菜豆大小的一块。

——凯尔苏斯《医学》

米特里达梯六世在离家多年后，回到宫中，杀死了他的母亲和兄弟，成为本都国王。相传，当庞培①率军攻入本都时，米特里达梯六世试图服用大量毒药自杀，但因对毒药的免疫力过强而无果，最后只好请求好朋友比图依图斯②用剑杀死他。

米特里达梯六世并不懂得科学，但他本能地意识到，假如服用较少的剂量，可以对能置人于死地的毒药产生免疫。

---

① 庞培（Pompeius 前 106—前 48），古罗马政治家和军事家。
② 比图依图斯（Bituitus），阿维尔尼国王。

正如中世纪的帕拉塞尔苏斯[①]所言,"剂量决定毒性"。

在现代社会,这一原理被应用于疫苗的研发。

[①] 帕拉塞尔苏斯(Paracelsus 约 1493—1541),中世纪瑞士医生、炼金术士、占星师。

芬多精的治愈效果

芬多精是天然毒物,最早由俄国生物学家托金于一九二八年发现。他在实验室做实验的时候,发现植物释放的某些物质可以避免植物本身发生腐烂。

这些由植物释放的有机成分可以避免植物本身腐烂或被昆虫和动物啄食。

比如,人类在食用蔬菜时也会吞食芬多精,但因为剂量很小,而不会中毒。

我们身边常见的大蒜(自古以来,大蒜就被用于治疗多种疾病)含有一种非常强劲的芬多精,叫作大蒜素。在当今,大蒜素是某些药物的组成成分之一。

此外,大量用于东方烹饪的香料中也含有很高的芬多精含量,并因其净化和抗菌作用而闻名。

另一个大众熟知的例子是洋葱。在切洋葱时让我们流泪的成分正是芬多精。

严格来说,这些物质都是毒药,但只要剂量适当,它们对我们的身体却有好处。这是由于毒药兴奋效应①，正如米特里达梯六世得出的结论，适量的服用毒药可以让身体产生免疫力。

由于毒药兴奋效应，香料、大蒜、洋葱和所有蔬菜对健康都有好处。下图可以帮助我们理解这个效应。

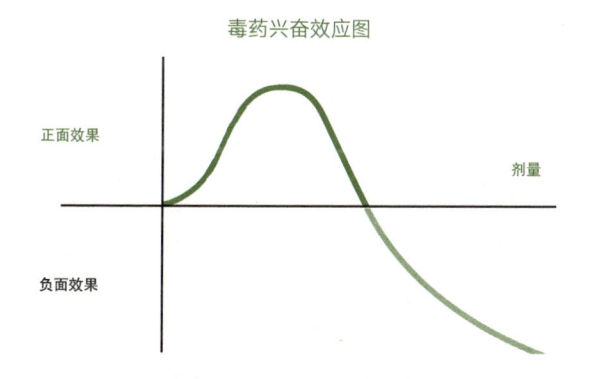

毒药兴奋效应图

拥有毒物兴奋效应的物质或活动都符合该曲线的走势。在某一个剂量，可以让系统产生最大限度的积极效应，但假如过量服用，则会对身体造成伤害。

在下面的表格中，我们将看到毒药兴奋效应会造成的损害，即害处。

---

① 低剂量毒物反而对生物体有益。常常以咖啡因为例，少量服用咖啡因对身体有益，但如果服用过多，会导致中毒。——原注

| 毒物兴奋效应 | 剂量过度的害处 |
(适当剂量的益处)	
暴露在森林里的芬多精之中。	吸收含量过高的芬多精会造成中毒。
体育锻炼。(肌肉酸痛是因为我们让身体进行了高强度运动,但过一段时间,我们就会享受肌肉增长、力量加强等益处,从而让身体变得更强壮。)	过度运动,每天长时间地进行锻炼,不加以注意,也不适当地休息。(这也是专业运动员通常并不太长寿的原因。)
饮酒。(少量饮酒会产生毒药兴奋效应。)	过度饮酒会造成中毒,以及严重的副作用。
节食或适量进食。(限制卡路里的摄入能够让身体细胞进入自噬,从而抑制癌细胞的繁殖)	暴饮暴食会让消化系统超负荷运行,加快细胞的氧化。然而另一个极端——过于严格地节食——则会损害身体和神经系统,造成身体的紊乱、厌食等。
研究证明,适度地用冷水或高温水洗澡,对健康有很大的益处。	假如水温过低或在冷水中时间过长,可能会造成失稳症;假如水温过高,则可能会烫伤。

然而,并不是所有物质都拥有毒物兴奋效应。有

些物质，即使只服用非常少量，也会对身体造成伤害，甚至致命。

我们将列举一些有害无益的物质。也就是说，即使非常少量也具有毒性。

- 呼吸城市中受污染的空气。
- 对于过敏者而言，暴露在任何过敏原中都可能会致命（被马蜂蜇，对某种事物过敏）。
- 尼古丁和香烟中的其他毒物。

森林中的芬多精

我们已在本书的第一部分指出，城市中抑郁和心理疾病的发病率比乡村中要高得多。因此我们提出一个问题：为什么住在大自然里的益处会这么明显？

日本科学界在上世纪八十年代开始着手解答这个问题，并在俄国生物学家托金于半个世纪前发现的芬多精中找到了答案。

一九八二年，日本森林部在认为"森林浴"对健康有益的前提下，在全国范围内开展了一项促进国民健康的活动。

该活动首次使用了"森林浴（shinrin-yoku）"一词。这个日语中的新词由"森林（shinrin）"和"沐浴（yoku）"两个词结合而成。

多家研究机构开始将全国"森林浴"活动的参与者同未参加的人进行对比。在发表的大量研究报告中，虽然结果不尽相同，但参与了"森林浴"的人总是优于未参与者。科学家开始怀疑，也许是森林中的"毒物"——芬多精——改变了人体激素的分泌，从而让健康得以改善。

我们将进一步探究每一项研究的结果和结论，来看看上世纪八十年代的假设是如何在最近得以证实的。

压力激素的减少

在其中一项研究中，调查者得出结论：无论是在森林里散步，还是在某个绿色地带（比如花园）静观，都能降低我们唾液中皮质醇的含量。而皮质醇正是一种与压力和焦虑相关的激素。

唾液中皮质醇的含量（ug/dl）

城市 0.35微克/分升

森林 0.30微克/分升

心跳的减缓

研究中的另一项生物指标是心跳速率。在森林里散步后，人们的心跳也会减慢，这与在城市中散步后的结果迥异。不仅在绿地散步可以降低心跳，即使只是在大自然中静坐一会儿，也能让心跳速度减慢。

心跳速率（脉搏/分）

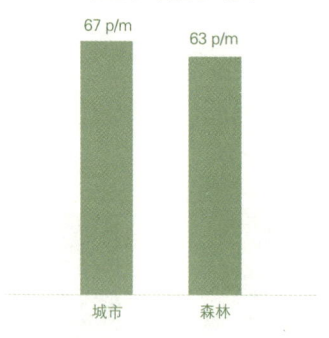

67 p/m　　63 p/m

城市　　森林

降低血压

在脉搏减慢的同一组研究对象中，调查者发现他们的血压也有所降低。

血压（mmHg）

118 mmHg　　116 mmHg

城市　　森林

心率变异分析（HRV）

另一项参与研究的生物指标是 HRV[①]（心率变异分析），它被科学界认为是衡量压力大小的重要指标之一。这项指标可以帮助我们了解自主神经系统[②]是否在压力过大的情况下运行。

HRV 值越高，表示身体功能越好。事实上，科学证明发现，HRV 值过低会增加在未来几年死亡的几率。增高 HRV 值的方法之一是进行让人身心放松的活动，其中最有效的方式即是静坐，或者在森林里散散步。

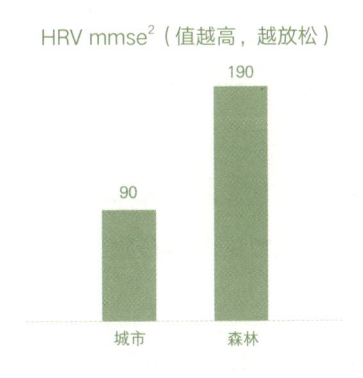

HRV mmse^2（值越高，越放松）

城市	森林
90	190

---

① Heart Rate Variability，是一种量测连续心跳速率变化程度的方法。
② 自主神经系统是负责控制体内所有非自主行为的神经系统。——原注

关于压力程度的结论

如果皮质醇、心率和血压降低——所有这些指标都标示着压力的减小，而与此同时，HRV（心率变异分析）增大，那么我们可以做出肯定的结论：在森林里散步能大幅度地降低压力。这不仅仅是推理，我们有充分的数据来证明它。

由于医学界对HRV的重视，从二〇一七年起，智能手表开始测量HRV——人体压力的风向标。

"森林浴"与抗癌的NK指数

所有人都惧怕癌症，但很少人知道，在我们体内存在着一种非常有效的天然药物，可以消灭癌细胞。它被称为NK细胞。

它的名字来自英文Natural Killer（自然杀伤），是免疫系统中的一种淋巴细胞，对人体的健康十分重要。这种细胞不仅能够探测被病毒感染的细胞以及癌细胞，还可以将那些细胞杀死。

我们可以将NK细胞想象成吃豆人游戏[①]，但吃豆人并非在游戏机屏幕上吃豆子，而是在我们的血液中吞噬一个一个的癌细胞。

日本医科大学公共健康与卫生系统在多项研究中，将身处大自然中的人们的NK细胞与生活在城市中的人们的NK细胞进行了对比和分析。

其中一组研究对象被派往长野山，进行一场三天两夜的旅行。在回来后，研究人员对所有参与者的血液进行分析，发现NK细胞数目有所增加。

我们体内珍贵的NK细胞需要"装备齐全"才有能力消灭癌细胞。从生物角度来讲，NK细胞的运作需要三种蛋白质：促性腺素释素（GnRH）、穿孔素和颗粒酶A/B。研究者发现，在长野山待了三天后，人体血液中这三种蛋白质的水平也都有所增多，也就意味着NK细胞能够更好地运作。

下图展示了NK细胞及其运作所需的蛋白质的

[①] 一款由南梦宫公司制作的街机游戏，在1980年代风靡全球。

对比。

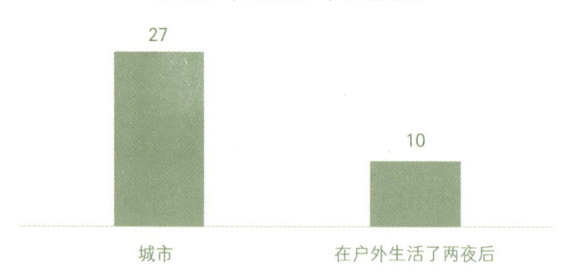

NK 细胞（天然杀手）的活动性

城市	在户外生活了两夜后
27	10

该实验证明，研究对象在长野山的森林中生活了几天后，不仅提高了 NK 细胞数量，这些细胞的"装备"也更齐全，更健康，更能有效地杀死癌细胞。

为了确保造成 NK 细胞数目增加、性能加强的原因是在森林里散步和放松，研究者让另一组实验对象在名古屋市进行了为期三天的旅行。

这一组人员的 NK 细胞数量在实验前后并没有更改，那三种抗癌蛋白质——促性腺素释素（GnRH）、穿孔素和颗粒酶 A/B——的数目也与实验之前无异。

该研究中发现的另一个好消息是，被派往长野山的那组人员，其 NK 细胞数目的增长一直持续到旅行后的七天。也就是说，在乡间度过一个周末对抗癌性

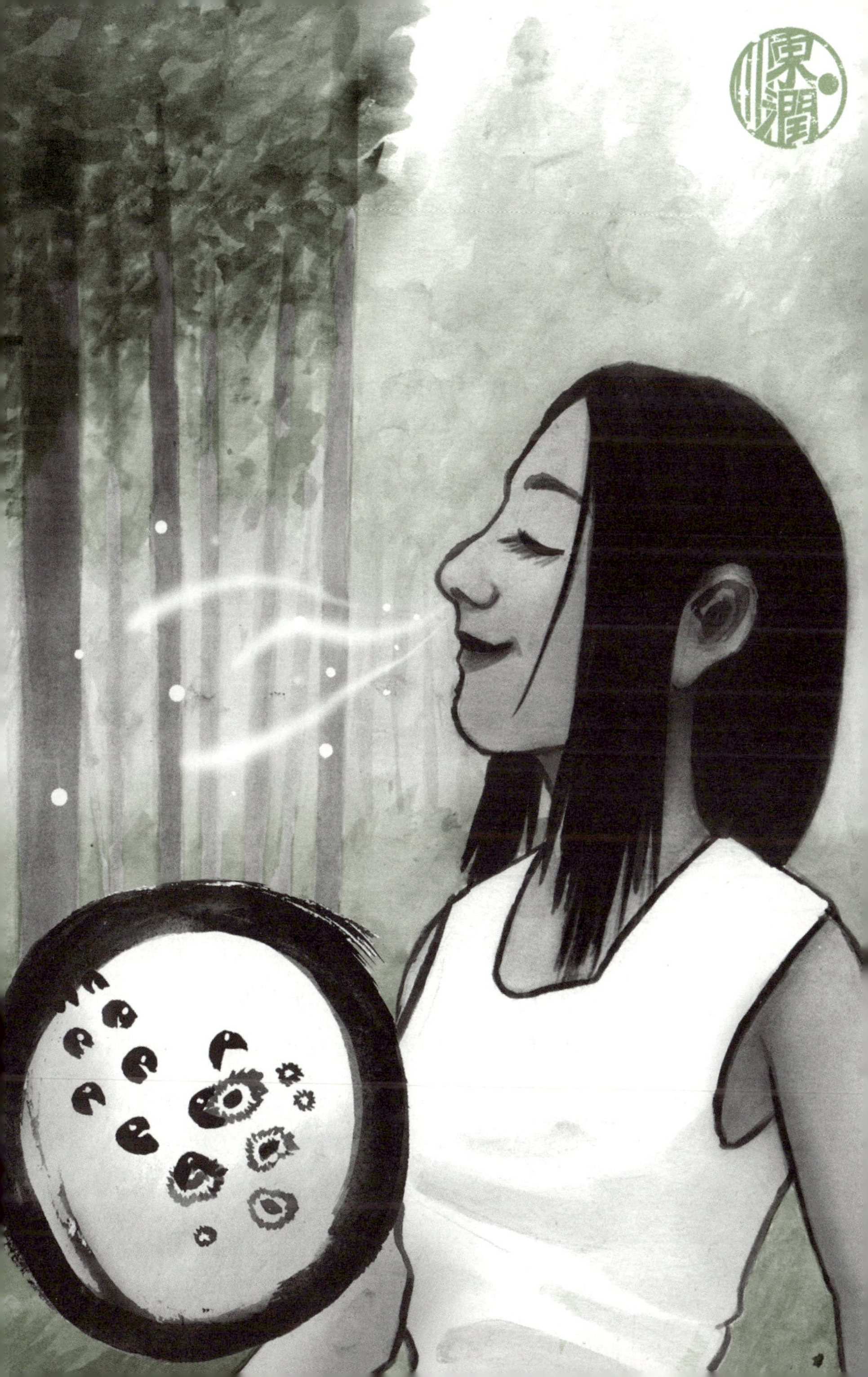

能的加强可以至少维持一个星期。

后来,同一组科学家进行了另一项实验,研究对象前往东京近郊的树林待了一天,却获得了相似的效果。也就是说,星期天到树林里散散步可以在接下来一周的时间内保护我们在城市中的生活。

研究的结论清晰明确:一周进行一天"森林浴"的诸多益处之一,是增强我们对癌症的抵抗力。

当然,这种增强健康的方式并不能替代传统治疗。在日本,"森林浴"被列入预防疗法之中,其目的是预防疾病,并且也能帮助手术或大病后的人们进行康复。

结论

日本人很早就凭直觉认为置身于大自然中对健康非常有益。到了上世纪八十年代,人们开始发现,在绿色地带进行康复治疗的病人比在城市中的病人痊愈得更快,于是促成了"森林浴"的诞生。人们推断(至今未被证实),是树木和植物释放出的芬多精改善了我们的健康，但这两者之间的因果关系还没有获得证实。

直到二〇一〇年，学术界才开始发表关于NK细胞的研究报告，证明能够消灭癌细胞的NK细胞活动性的增强。

问题在于：为什么在森林里散步会增强NK细胞的活动性？让我们健康如此受益的背后推手真的是芬多精吗？

除了对比在乡村和城市生活的人群以外，科学家也在实验室进行了一些其他研究，希望用更确切的方式来回答这些问题。

其中之一是在试管中研究NK细胞。研究人员把从树木中提取的芬多精放进一块NK细胞培养皿。发生了什么现象？当芬多精与NK细胞接触后，后者性能增强，并且快速繁殖——与没有加入芬多精时的情况形成鲜明对比。

科学证明，树木拥有强大的药物作用。许多不同的传统从几千年前起就凭借直觉了解了这个奥秘。

经科学证明的"森林浴"对健康的十大益处

在这一关于科学讨论章节的最后,我们陈列出截止到现在,在日本各项研究中得以证实的"森林浴"的治疗作用:

1. 加强免疫系统,尤其是直接与肿瘤细胞作战的 NK 细胞。
2. 降低血压和心率。
3. 缓减压力。降低与压力相关的激素——皮质醇。
4. 有助于平和的心态。帮助神经系统减少"战斗或逃跑反应"的发生。
5. 改善情绪,有助于心理健康。
6. 有助于集中注意力,也对患有注意力缺失症的儿童有益。
7. 加快手术后的恢复。
8. 帮助睡眠。
9. 增强性欲和性能力。
10. 改善视力。

科学研究的来源

本章中所有图表都来自研究中所有研究对象的数据。对于精通统计学的读者，$p < 0.01$。

IV. "森林浴"的哲学

神道的精神

日本是世界上科技最发达的国家之一，然而，也许听起来有些矛盾，传统依然在日本人生活的各个方面占据着非常重要的地位。而且这两个世界之间很少发生冲突——这一点十分令人钦佩。现代与古老和谐地融合在一起：使用智能手机的艺伎，夏天穿着浴衣①的女学生和穿着甚平②的男学生，佛教寺庙门口的触屏饮料机，穿着下驮③走在大学校园里的教授……

对先辈和传统的尊重在日本社会无处不在，这种价值观是从中国的儒家思想传承下来的。

另一种遍布日本全国的价值观是对大自然的尊重。它来自日本的原生传统宗教——神道。

---

① 日本传统服饰，由棉质的和服和腰带组成。——原注
② 夏季使用的两件套，通常为棉质。——原注
③ 日本传统木屐。——原注

乍一看来，人们也许会觉得无法理解：拥有全世界最大都会的国家怎么会尊重大自然呢？然而，尽管日本排名世界最发达国家前十，但其国土的67%都被大自然覆盖，全国遍布着森林和山脉。

在吉卜力工作室制作的各种题材的动画片中，有一个经久不衰的主题：大自然。《千与千寻》的寓意非常直接明了：受到人类社会污染的灵魂需要用泡温泉的方式得以净化。《幽灵公主》的大部分场景都发生在森林里，那里住着各种精灵和生物，包括"木灵"，数目多到成千上万，甚至百万。

日本人并不信奉某一个万能的神，因为神道属于泛灵多神信仰，神灵住在高山、树木和河流中。

"吉卜力"即是神道，是大自然，是日本。

召唤大自然里的灵魂

日本的神社大多都很朴素，甚至呈极简主义风格，初来乍到的游客常常会因其缺乏装饰而惊讶。

看惯了欧洲精美大教堂的人在初见日本神社时会不由自主地说:"就这样而已?"但在逐渐了解了日本神道的简单性后,游客会开始欣赏神社的美。

日本神社并非凌驾于大自然之上,它并不像许多西方建筑那样,试图向大自然展示人类的能力。相反,日本神社希望能够以最巧妙的方式融入大自然,从而召唤住在大自然中的灵魂,让它们到神社里来与我们进行交流。

日本神道相信人类是大自然的一部分,颂扬大自然是至高无上的,我们需要接受我们只是大自然造物的一部分这一事实。关于这一点,阿兰·瓦兹[1]阐述得很到位:

你并非来到这个世界。

你像海浪一样,出现在这个世界。

在这里,你并不是陌生人。

---

[1] 阿兰·瓦兹(Alan Watts 1915—1973),英国哲学家,因推广介绍东方思想而闻名。

神道是日本古老的原生宗教，其祭祀和传统从几千年前起一直流传至今，比在公元六世纪传到日本的佛教历史更加悠久。

尽管这两种宗教的信仰十分迥异，但它们神奇地在日本社会和睦共处。从数据上来看，日本有八万座神社和五万五千座佛教寺庙。此外，还有常与婚姻联系起来的基督教。

典型的日本人的一生是这样的：用神道仪式来庆祝出生，在基督教堂举行婚礼，最后用一场佛教葬礼来结束一生。所有这些传统都能神奇地融合在一起。

不只有一个神

日本神道以最纯洁和原初的方式，尊重并崇拜大自然。神道没有经书；其信徒需要做的无非是崇拜高山、森林和河流。

在过去，古希腊人也曾崇拜过居住在奥林匹斯山的众神，但随着亚伯拉罕诸教①的到来，这个多神论逐渐在西方和中东地区消失。亚伯拉罕诸教的思想基于柏拉图哲学，后者指出我们所感觉到的现实只不过是反射出来的最理想化的现实。从某种意义上来看，是柏拉图造就了一个单一的高于一切的神的理论。

相反，起源于亚洲的印度宗教——譬如印度教和佛教——则更倾向于亚里士多德的哲学。亚里士多德的物理学指出，所有事物都处于不断的变化之中，为了最终成为某种"具有能力的"东西。在印度宗教里，整个宇宙都不可避免地持续转变和变化。比如，佛教教会我们接受改变：死亡将会不可避免地到来。

那种能力或可能性存在于事物或人体之中，而并非来自某个高于一切的神。这样看来，亚里士多德是佛教徒或神道信徒。在他看来，每一颗种子的灵魂即是变成大树。

---

① 指世界主要的3个有着共同源头的宗教——基督宗教、伊斯兰教和犹太教。

日本神道与印度宗教很不一样，但它们都相信变化的持续性，并且相信世界并非由一个单一的神创造，相反，世界上存在着成千上万许许多多个神。

神：森林、河流和大海的灵魂

神道的传统认为世界上存在着上百万个神，它们是栖居在宇宙中的灵魂。神具备在大自然的任何元素或力量中现身的能力。它们从一个地方转移到另一个地方，居住在高山、河流、树上或植物的体内。此外，它们也可能以暴风雨、台风、地震或火山爆发的方式现身。

神可以决定是做善事，还是做坏事，这一点与奥林匹斯山的众神相似。

日本人常常在祭典中祭祀神灵，其目的是为五谷丰收、商售繁盛、学业有成、疫病退散和无病息灾等祈愿。

神道：神的道路 神道

在日语中，"神道"的第一个字"神"，当它后面跟了另一个字时，念作 shin，而当它单独出现时（在日语中很常见），念作 kami，其含义为我们之前提到的神灵或灵魂。

"神道"一词的第二个字"道"，念作 to，含义为道路。这两个字结合起来，意为"神的道路"。

第二个字"道"也可以念作 do，它出现在许多日本艺术词语的末尾，比如茶道（茶的道路）、柔道（柔软的道路）和剑道（剑的道路）。此处的"道路"是引申含义，喻指只要遵循某种练习方式就能成为更好的自己。

我们可以使用各种不同的元素来遵循这个"道路"。我们可以修行神道以求助神灵，或通过茶道仪式深入研究茶，或学习一门武术。无论选择哪种方式，最重要的是严格遵守其练习方法。

道路，道，是将各种武术、神道和日本艺术融会贯通的导线。

设计简单的神社的来源

最简陋原始版本的神社可以是放在地上的一块石头，也可以是立在森林边土地上的一根树枝。随后，人们在树枝或石头的周围举行一些祭祀仪式，让神灵从森林里出来。这样做的目的是为了吸引一个善良的神，让它住在树枝或石头里，从而带来好收成，驱除危险的动物（比如野猪和熊），让女人受孕，或者为村庄带来财富。

简陋的石头和立在地上的树枝逐渐演变进化，变成了由绳子连起来的四根柱子。但其中的精髓并未改变：由四根绳子围起来的空间成为神灵栖居的地方，它们在此造福人类。

这种类型的神社至今依然可以在日本的许多地方看到。

随着时间的流逝，这类简单原始的为了吸引神灵而建的结构发展成为今天在许多城市和森林里矗立的神社。

神社入口的标志性建筑是鸟居,由几根木柱构成,上半部分通常有一至两根横梁。

游客在迈过鸟居门后,即进入了圣地。在由大门围起来的区域里,最主要的建筑为本殿(honden)和拜殿(haiden)。两者的区别是什么呢?

本殿是专为神灵而建的,而拜殿则也可以供人们参观。通常情况下,从拜殿可以看见本殿的内部。显然,在大多数情况下,本殿的内部什么都没有,它是一个空旷的空间,让人不禁想起原初的结构:由绳子连起来的四根柱子。有什么比空旷的空间更极简主义吗?

修建本殿是为了让大自然的神灵能在那里栖居,而拜殿则是为了让人类能够接近那些神灵,从而向它们祈愿。神社是为神灵建造的家，这样它们才不会将我们抛弃。

很多西方建筑的目的是为了让人震撼。相反，日本世俗建筑的外墙通常都呈极简主义风格，十分低调，这一点与继承了古罗马和古希腊传统的西方建筑迥异，对于后者而言，外墙是宗教建筑中最重要的部分。

日本神道	一神论宗教
具有明确超能力的上百万个神。	一个唯一的、万能的神。
多种多样的迷信和仪式。	固定不变的信仰。
祈愿。	忏悔。
没有定规，只有根据时令和场合而异的仪式。	遵循定规。
人类以自然的方式与之融合，因此神会离开森林而住进神社。	寺庙和教堂展示神高于人类、高于大自然的能力。
目的： 用最和谐的方式与大自然共处。	目的： 拯救与永生。

幽玄

由于受神道的影响，许多日本艺术都与大自然有着密切的关系。花道、盆栽、传统建筑（大量使用木材，以及生物的形态）和文学等领域的艺术家都对自然世界抱有仰慕赞美之心。

在这一章节，我们将讨论传统诗歌是如何在森林深处找到创作灵感的。

"幽玄"的感受 幽玄

该词的第一个字，幽，意为"深刻且遥远的黑暗"，而第二个字，玄，则有"玄妙、神秘"之意。这两个字组合在一起，形成这个十分美丽的日语词，可翻译为"在观察宇宙时内心深处获得极其深刻的感受的玄妙时刻"。

那是当一个人走在树叶茂密如盖、阳光几乎无法穿透的密林深处时内心的感受。但那种美的感受并不只出现在与大自然共处的时刻。当我们享受艺术，比如在聆听一支美妙灵动的钢琴曲时，也可以在内心感受到"幽玄"。

那么，"幽玄"到底是什么？它是我们在夜晚抬头看向星空时，突然间失去自我的概念而意识到我们是某种比我们更伟大的存在的一部分。它是大自然带给我们的一种感受：是我们意识到自己并非独立于宇宙、意识到我们即是宇宙的一部分的那一刻。

每个人都拥有这种深刻且神秘的对于宇宙的美妙感受，我们可以通过练习唤起"幽玄"。

唤起"幽玄"

我们不仅可以在树林深处或星空下感受到"幽玄"。我们也可以通过艺术来唤起内心的"幽玄"。学习欣赏绘画、音乐或美好的文学可以让我们感受到

"幽玄",并忘记日常生活中的各种烦恼。日本人认为,诗歌和能剧①是唤起"幽玄"的绝妙途径之一。

能剧的演员佩戴面具演出。这样,在观看演出的时候,观众会感到演员是直接面向他(或她)在进行表演。这一奇妙的感受亦是戏剧世界的一部分。

和歌的艺术

和歌的字面意思即为"日本诗歌",包含多种形式,但最主要的两类为"短歌"和"长歌"。

"短歌"是一种比俳句(由五、七、五个日文音组成的诗歌)古老得多的诗歌形式,常以大自然为创作灵感。日本诗歌也能唤起内心的"幽玄",比如下面这首世阿弥②的"长歌":

---

① 能剧,日本独有的一种舞台艺术,为佩戴面具演出的一种古典歌舞剧。
② 世阿弥(1363—1443),日本室町时代初期的猿乐演员与剧作家。

看夕阳退到开满花的山坡后面

在浩大的森林中无目的地漫步

丝毫不去想回程

在海边，凝视船只

船只在远方的岛屿之后不见了踪影

静观野雁在天空飞翔

直到它们消失在云间

以及竹子落在竹上的曼妙阴影

"森林浴"和"幽玄"

尽管上面那首诗歌是一位十四世纪诗人的感受，但诵读它，我们同样可以感受到大自然唤起了我们内心的"幽玄"。

敏感的心灵可以通过艺术，或者通过直接练习"森林浴"来感受"幽玄"。在田野或花园中散步时，"幽玄"会被唤醒，带领我们停下脚步，静静欣赏周围的景色。

在美丽且无边无际的自然环境中,我们会感到自己与天地万物融为了一体。

"幽玄"会在欣赏朝霞与黄昏时发生,也会在静观水塘里的小水滴或坠落的樱花瓣时发生。

想要体会到这种感受,只需在抬头看向夜空时深深呼吸,把眼睛闭上几秒钟。把地球想象成宇宙飞船,而你则是搭乘它的旅客。你将看见世界如何在繁星之间穿越。

睁开双眼,感受星空的"幽玄":我们都是宇宙中的旅客。

Komorebi

在日语中有一个词,用于形容森林中的光和影。这个词即是 Komorebi。

日本人欣赏森林忽明忽暗的美,这种变化取决于树的种类、风、湿度和季节。Komorebi 将大自然中所有光与影的效果都包含在内:照耀在树叶上的阳光,雾气形成的神秘的帘子,雨后的阳光明媚带来的浓浓的湿润,树叶在土地上摇曳的影子……

Komerebi 的词源 木漏日

木:树木

漏:透过,漏过

日:日光

日本人对森林的热爱和执迷在黑泽明的电影《罗

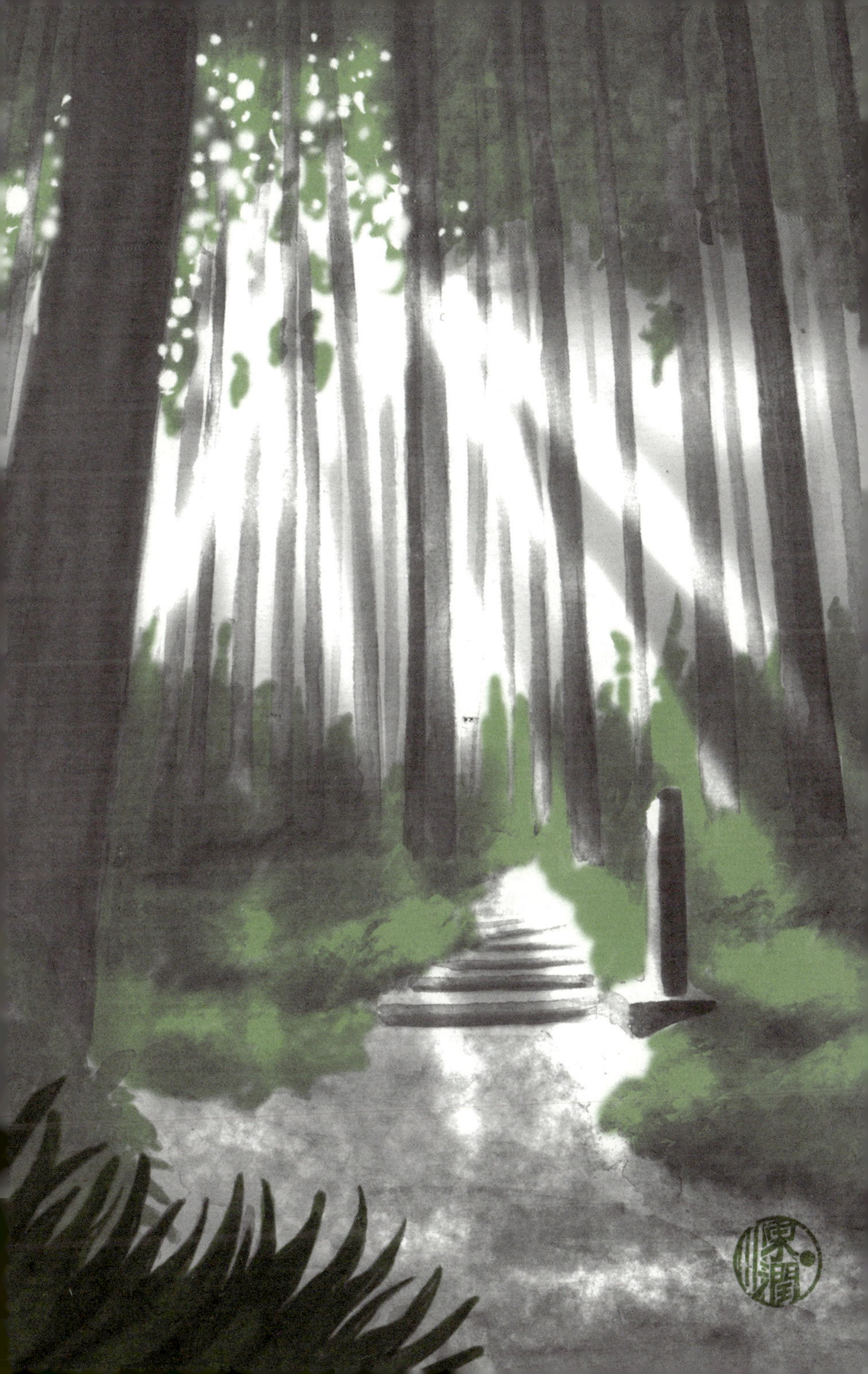

生门》中大量出现的森林场景得以体现。在片中，演员的明暗取决于森林的光亮和阴影。

在塞尔达传说系列①的电玩游戏中，森林里的komorebi 以非常接近于现实的细节呈现。

Komorebi 定义了阴影与光线的舞蹈。谷崎润一郎②在其短小经典的评论集《阴翳礼赞》中就这个主题进行了深入的探讨。这个难以找到确切翻译的词被用来形容大自然呈现的光与影。

了解了这个概念能够帮助我们在森林里漫步时欣赏从树叶缝隙间漏过的点点日光。

Komorebi 是由大自然创造的抽象艺术品。

梅莉恩·米尔纳的启示

在谷崎润一郎的《阴翳礼赞》面世一年后，英国

---

① 任天堂自 1986 年起推出的动作冒险游戏系列，创始人为知名电玩游戏设计师宫本茂。
② 谷崎润一郎（1886—1965），日本著名小说家，被日本文学界推崇为经典的唯美派大师。

精神分析师梅莉恩·米尔纳出版了《一个人的生活》。

在这本汇集了作者七年心路历程的日记中，她向自己提出两个问题：到底什么让她感到幸福；她一生真正想要的是什么。某次在乡间散步时遇见的komorebi让她找到了这两个问题的答案。

米尔纳住在森林附近，常常到林中散步。在一则日记中，她描写到在某次散步时，阴影与阳光的变幻让她沉醉不已，她感到自己仿佛完全屈服于大自然的美丽。

"某天下午，我看见树上微微展开的树叶；它们的形状印在苍白的天空，像金属门，又像古文的装饰。在那一刻，我痛苦地想要拥有那图案。不知道为什么，我想要把它占为己有，或者把它画下来。"

在那次启发性的散步后，米尔纳解释了komorebi的显现如何改变了她面对生活中困扰的态度，邀她更多地进行感受：

"仅仅是观看就能得到如此强烈的满足感,那么我为什么总是想要做更多的事情呢?是啊,我怎么从来没想到过,了解自我现实的秘诀其实就是让所有的感官都不带目的性地去感受、去生活。我开始怀疑眼睛和耳朵其实是非常智慧的。"

像米尔纳那样,留心大自然微妙变幻的设计,留心 komorebi 抽象的图案,能够开启我们的思绪,让我们在森林中得到治愈。

不要心不在焉地漫步,或没头绪地拍摄照片,而是要将感官的注意力集中在林间的忽明忽暗,进行一场无与伦比的冥想,走进神秘微妙的自然世界。

侘寂

侘寂是日本独特的传统文化，可译为"不完美的美学"。然而，侘寂所包含的概念远远不止于此。侘寂的灵感来自对大自然的观察。

正如建筑大师高迪所言，大自然中没有什么是绝对笔直的，恰恰相反，大自然中充满了不对称性。佛教也认为大自然中没有恒久不变的事物，昨日的绿叶在今天就已干枯，甚至已经从树上掉落了。

这些都是侘寂里的概念，它是日本美学的基石。我们可以将侘寂总结为以下三个原则：

1. 不完美才是美。 与一只形状对称且完美无瑕的瓷杯相比，人们更喜欢形状不规则、外表不光滑甚至有裂痕的茶杯。

2. 不完整才是美。 与人的灵魂一样，大自然中的一切都一直处于成长和改变中，没有任何事物是完整的。只有天真无知的人才会认为自身的成长已经完成。正因如此，书法大师才会一笔画出没有收口的圆相①。与生命一样，没有收口的圆相更美。

3. 无常才是美。 大自然中的一切事物都会经历出生和死亡。戏剧性和美都在这个过程中。如果某个事物是永垂不朽的，那么我们也就不会珍惜它。即将从树上落下的枯叶是一幅充满了诗意的画面，它将生命的本质具象化：我们只珍爱可能会失去的事物。

易逝的美

从词源学的角度出发，假若将组成"侘寂"的两个字分开来看，很难找到准确的翻译。撰写了许多著名和歌的十二世纪诗人鸭长明这样定义该词的第一个字：

---

① 圆相，汉传佛教十三宗之一禅宗的一个符号，为一个用一笔就可以画完的圆形图案。

"在某个秋日的午后，天空的颜色令人忧郁，大地一片沉寂，这即是'侘'的感受。在那一刻，由于某种大脑无法解释的原因，眼泪止不住地落下。"

斯坦福大学日本文学名誉教授上田真用同样朦胧且充满诗意的方式为这两个字做出了解释：

"'侘'最初的含义是'贫穷的悲哀'。但后来渐渐也用来指代一种面对人生的态度，顺从在生活中遇到的困境，并学会在困境中寻找内心的平静和安宁。'寂'是一种美学概念，它与'侘'关系紧密，代表着一种哲学思想。"

那么，"侘寂"代表的是悲哀或贫穷的美学，它为我们带来内心的平和。简单来说，即是不完美的美。

对许多人而言，在稍微有些乱的书桌上工作更能让他们感到内心的平和，与之相反，井然有序的桌面会让人忐忑不安，担心任何举动都可能会破坏宇宙的秩序。同样的道理，旧鞋也比新鞋更让人感到舒适。

不完美、不完整、无常的事物能带给我们内心的平静，在大自然中获得灵感。

安德烈·朱尼珀[①]这样总结道：

"'侘寂'是对物质世界转瞬即逝的美的发自本能的欣赏，它反映出精神世界里生命无法逆转的流逝。'侘寂'是对朴素、克制、不完美甚至衰败中的美的欣赏，这种美学敏感让我们能在所有事物的转瞬即逝中感受到忧郁的美。"

《徒然草》：慵懒怡然的随笔

我们可以把这个受大自然启发的美学概念作为练习"森林浴"时的聚焦点。当我们意识到我们的脚步不会踩在同样的地方，因此也就没有两场完全相同的散步，也就是说，每一场散步都是独一无二、无法复

---

① 安德烈·朱尼珀（Andrew Juniper），著有《侘寂：日本无常的艺术》一书。

制的经验。

如果你未能在此时此地留意到森林的美妙,那你将永远错过享受它的机会。

这种短暂的感受与人们想让一切永恒的焦虑背道而驰,后者被佛教认为是人类痛苦之源。

关于这一点,日本十三世纪法师吉田兼好著有《徒然草》一书,一本慵懒怡然的随笔。兼好法师和梭罗一样,住在森林里的一间茅屋,在纸片上写下杂感和随想,并把它们贴在屋子的墙上。

在他过世后,他的一位好友小心翼翼地将贴在墙上的一共二百四十三张纸片取了下来,把它们结集出版,使之成为日本文学的经典之作。在这本书里,作者也提到了转瞬即逝为我们带来的幸福感:

"假如人类长生不老,那么世界上的事物将不再能够打动我们。生命最珍贵的一点即是它的无常。想一想地球上的生物……没有哪一种生物像人类这般长寿。盛开的鲜花等不到夜幕的降临,夏天的知了不曾见过春天或秋天。安宁的生活哪怕只拥有一年,也是极度美妙的享受！如果这还不够，那么即使活到一千岁，你也会依然觉得那不过是一场梦罢了。"

一位日本老奶奶的智慧

在《活侘寂》①一书中，日裔美籍作家金太郎描写了他的奶奶教会他如何在生活中与不完美的美和谐相处。

"人们通常以为完美即是最大限度的幸福，"作者的奶奶对他说，"大多数人都在寻求完美的伴侣、完美的工作、完美的家……然而，对完美的渴望是对现实的否定。事实上，追求完美常常让我们无功而返。完美只存在于想象之中。如果我们将幸福寄予在完美之上，那么我们将永远无法获得幸福。过去的侘寂大师们深知，幸福并不意味着没有任何烦恼。世界上不存

---

① 原书名为《Living Wabi Sabi》，作者为日裔美籍作家金太郎（Taro Gold 1969— ）。

在没有烦恼的生活。完美的生活并不存在，而侘寂恰恰教会我们接受生活中的不完美，坦然面对困难和逆境，努力在困境中让自己变得更强大。"

停止对完美的渴望，放下想要掌控一切的焦虑，到森林里去散散步，让生活在我们的脚下无拘无束地展开。

从侘寂的角度来看，散步也不应该设有终点。随心所欲地自由漫步，发现路途中的惊喜，跟随直觉和每一个瞬间的感受。

带着这般放松且随意的心态，一场不完美的散步也可能成为一次完美且幸福的经验。

Ⅴ. 练习"森林浴"

回到森林

约翰·缪尔曾说过,"最清晰的观看宇宙的方式是通过森林里的荒野自然"。他于一八三八年出生在苏格兰,后来移居美国,被自然环境深深震撼,成为美国早期最重要的环保活动家之一。

约翰·缪尔在美国的影响力非常之大,在今天,他被称为"自然公园之父",在许多州都有不少山脉和顶峰以他命名。

远的不说,就拿优胜美地来说,约翰·缪尔是它被列为国家公园的重要功臣。优胜美地是位于加利福尼亚的自然公园,其优美的风景常常出现在电脑桌面和安塞尔·亚当斯的摄影作品中。

尽管经过缪尔的努力,优胜美地在一八九〇年就被列为国家公园,但那时候的管理并不严格,许多木厂继续在公园内砍伐森林,一些国有建筑单位也在那里进行人工改造。

让政府意识到应该停止一切（而并非部分）对大自然的破坏行为的关键事件是约翰·缪尔在二十世纪初陪同西奥多·罗斯福总统参观优胜美地。

他们整个上午都在国家公园里散步，原计划的参观为时半天，但壮观的美景深深打动了总统，他请求缪尔带他去公园的其他地方看看，让他了解优胜美地的真实面貌。

他们两人离开总统的随行人员，独自走进森林的深处。他们在公园最美的观景点之一冰川点露营，聊天、看星星，直到夜深。第二天早晨当他们醒来时，周围的树林都盖上了一层薄薄的雪花。

眼前的景色让总统甚为震撼，在接下来几年里，他致力于规范国家公园的管理，不仅是为了保护优胜美地，更是为了保护美国所有的自然瑰宝。

西奥多·罗斯福在晚年回忆道，与约翰·缪尔在优胜美地度过的那一夜让他永生难忘。

这位不屈不挠的环保活动家在十九世纪初打响了抵制工业革命的掠夺的第一炮。在他之后，许多其他国家也纷纷采取措施保护自然区。在今天，对自然公

约翰·缪尔带领西奥多·罗斯福总统参观优胜美地（1906年）

园的保护在发达国家已经习以为常。

约翰·缪尔的启示

约翰·缪尔不仅仅是一名森林保护者，还是一名深受赞誉的作家。在他的文字里常常出现大自然，直到今天，其著作依然为许多美国人带来启示。他在一个多世纪前写下的文字，邀请读者享受"森林浴"：

"始终位于大自然的中心，
时不时地，爬爬山
或在森林度过一个周末。
这样能洁净你的灵魂。"

"当我们在大自然中散步时
我们的收获总是会超过期待值。"

"与人类一样，

岩石、流水和土壤也都是上帝的言语。

我们都来自同一个源头。

都是爱的表达。"

"在大自然永恒的青春中，

你也可以焕发你的青春。

安静地看着大自然，

没有什么会伤害你。"

"走进高山即是回家。"

森林的回归

欧罗巴山（Pico de Europa）在一九一六年成为西班牙第一个被列为国家公园的自然保护区。该公园横跨阿斯图里亚斯、莱昂和坎塔布里亚地区。在那之后，位于韦斯卡的奥尔德萨和佩尔迪多山，以及位于特内里费的泰德，也被列为国家公园。在今天，西班牙一共拥有十五个国家公园。

日本有三十四个国家公园，其中最为游客青睐的公园之一为屋久岛国家公园。这个火山形成的岛屿十分神奇地几乎完全被上千年的山脉和树林覆盖，其中一些更相传拥有超过七千年的历史。

岛上的小鹿和猴子完全不受游客干扰地在森林里自由穿行。这里的景色曾为许多日本艺术家带来过灵感。比如，宫崎骏的动画《幽灵公主》正是以屋久岛的森林取景。

也许我们会以为，污染严重且人口过多的文明发展正在吞噬地球上的森林，然而，研究显示的结论却恰恰相反。在发达国家，森林面积正在逐日增加。在过去二十年，意大利和希腊的森林覆盖率从26%增长到32%。而西班牙的森林增长率为更显著。1990年，西班牙的森林覆盖率为28%，而现在则为37%。

造成森林覆盖率增长的两大原因为：

- 政府部门对森林保护的重视。
- 许多被荒废的农耕区被森林占据,从前的耕地变为森林。

然而,世界上其他地区的情况却不尽相同。比如,亚马逊雨林每年遗失上百万公顷的森林面积。在非洲也存在着类似的问题,沙漠正在逐渐将绿色地带吞噬。

从约翰·缪尔立下了保护森林的第一块基石之后,我们已经取得了卓越的进步,然而,在我们前面的路还很长很长。

从国家公园到"森林浴"

正因为自然保护者的辛劳工作,政府和人们才意识到了维持森林原初的模样的重要性。这一措施对于"森林浴"的推广和发展也十分重要。

在日本,有一些地方(公园、花园和森林地带)

被专门用于练习"森林浴",倡导各个年龄层的人们前来这些地方,接受大自然对健康的益处。

"森林浴"邀请人们回到森林中去。

在日本,许多政府机构和非营利组织设立了一百多条练习"森林浴"的官方路线。

这些路线的理念是寻找人类与大自然共享的空间,让两者在此和谐地融为一体。以下是日本练习"森林浴"的官方路线的基本要求:

- 拥有数目众多且种类丰富的植被。
- 易于徒步且不会让人疲惫不堪。适合小孩和长者的路线。
- 非常宁静,只有大自然的声音。

这些路线与国家公园或爬山路线的主要区别为,前者更容易抵达。

上百万受现代城市生活中的压力、高血压和焦虑困扰的日本人前往由日本林业部指定的上百条"森林浴"官方路线。

亲身体验

"喂,我们一起去'森林浴'吧?"几年前,一名同事向我提议道。

那时我还不曾了解什么是"森林浴",我以为他邀我去喝清酒,或是一起用餐。

"它是一种预防性的疗法,被包括在公司的保险里,"他继续说道,我抬起了头,"'森林浴'是到东京郊外的森林里散步。"

那个周末,我们小组一起去到一个被我们公司的医疗保险认定为适合练习"森林浴"的森林。

在大自然中散步的那一天真是太美妙了。

从那时候起,我们每年都会去一次,从城市到路线起始点的交通费由公司的医疗保险支付。

埃克托尔

每周一次

正如我们在前面看到的，一些日本公司为员工提供一年一度的郊游，但最理想的频率为每周到绿地散步一次，感受这种疗法对我们身体的积极作用。

在西班牙，第一个官方认定的练习"森林浴"的地点已经诞生。它位于距离赫罗纳[①]二十八公里的圣伊拉里奥-萨卡尔姆[②]，当地市镇府和Sèlvans协会组织由向导带领的为时三小时的治疗路线。

这是"成熟林网络"在加泰罗尼亚地区的开端。该网络旨在筛选具有生物多样性的肥沃的森林，让人们能从练习中身心获益。

然而，即使在居住地附近没有指定的路线，也可以在任何地方进行"森林浴"。只需要走出家门，前往最近的绿色地带。寻找一条沉浸在大自然和寂静中的小路。找到一个可以与大自然重新建立联系的地方，

[①] 赫罗纳（Girona），位于西班牙加泰罗尼亚自治区。
[②] 圣伊拉里奥-萨卡尔姆（Sant Hilari Sacalm）是赫罗纳省的一个市镇。

不慌不忙地开始散步、呼吸。

在下一章，我们将探讨如何进行"森林浴"，从而最大程度地获益。

"森林浴"的五个步骤

想要获得我们在关于科学的章节看到的益处,只需要在绿色地带散步。然而,在这个实践的章节,我们将探讨如何最大程度地从"森林浴"中获益。

在了解这五个步骤前,我们首先需要从心理的角度做好享受"森林浴"的准备。因此,我们必须放下日常生活中的焦虑、责任和待办的义务,摒弃任何可能会分散我们的注意力、让我们从练习中走神的事物。

就像走进神圣森林的凯尔特勇士,或在森林里完成"通过仪式"的青少年,在进入森林里的那几个小时我们需要将日常生活抛在脑后,完全将自己交付给那一场体验。

以下是充分享受"森林浴"的五个步骤:

1. 彻底将自己交付给这一场体验,此时、此刻

- 想要让"森林浴"有效，必须停止进行"多任务"。开启手机的飞行模式，把它放在无法随手拿到的地方。

- 清楚地意识到迈出的每一步、空气的温度、微风和光影的变幻。"森林浴"的目的是让你不分心地完完全全沉浸于森林之中。

- 正如在酒吧一边聊足球或政治一边喝茶与坐在榻榻米一边欣赏窗外的森林一边在雨声的陪伴中聊天不是一回事，散步的目的非常重要。我们需要安静地散步，假如与朋友同行，需要避免聊及日常生活或是会让我们焦虑的话题。

2. 心里有一条路线，但同时也允许即兴的改变

- 不要着急，不必急于抵达路线中的某个地点。我们的注意力应该集中在平和地散步、呼吸，并在想要停下的时候停下脚步。

- 在疲惫时，让自己坐在石头上或散落在地上的树干上休息。享受森林里的声音世界：鸟儿、蝉、风吹过树叶的呢喃……呼吸森林里清新且让人治愈的

空气。

- 如果看见另一条更吸引你的小径,就改变路线吧。把手中的指南针交给你的双脚,让它们跟随你当下的心情前行。
- 停下脚步欣赏田园景色,特别是黄昏和朝霞。

3. 缓慢且深深地呼吸

- 除了不急不忙地散步,被大自然的清新包围,把心里的烦恼抹去,"森林浴"也有助于我们呼吸。平静地深呼吸,无论是在行走时、停下脚步时、坐下来时还是躺在树冠下休息时。
- 缓慢地呼吸,用腹腔、肺部和锁骨进行呼吸,将它们向上抬起,想象有益的芬多精进入身体内部。每一次呼吸都摄入大自然充满治愈性的空气。
- 感受自己浸没在绿色中,让这感受充满你的身体和心理。

4. 让脑里的云飘走

- 习惯了随时随地因生活中的事物而分神的我们,

很有可能在练习"森林浴"时被焦虑的念头打扰。不必惊慌,这很正常。

- 深呼吸,把这些焦虑想象成飘浮在脑袋里的云朵。云朵从一边飘到另一边,直到被风吹走。把它们标注为"念头",让它们飘走,不要拒绝它们也不要抓住它们,不要对它们做出分析,也不要加以判断。它们只不过是飘来飘去的云朵,终归会消失在远方,让你能够感受到当下。
- 假如你因过去一周的压力而感到紧张,那么在散步中稍作休息,在森林的中央拉伸拉伸肢体,做一些太极或气功[①]的姿势。

5. 感受自己是一切事物的一部分

- 置身于此刻和此地,完全专注于当下,你会感到自己开始与森林、大自然和整个宇宙融为一体。
- 感受幽玄,感受周围的动植物、所有人类、遥远星辰照耀下的这个美妙星球带来的奇幻感受。

---

① 在《Ikigai:冲绳岛幸福长寿秘诀》一书的第八章,我们详述了这些练习的步骤。——原注

- 设想你是宇宙的重要一部分,而并非与之独立。你即是宇宙,宇宙即是你。让你的"自我"逐渐稀释在周围的环境中,最终与大自然融为一体。引用阿兰·瓦兹的话来说:"你是整个宇宙的一部分,正如浪花是整个海洋的一部分一样。"

练习"森林浴"时应该做的事	练习"森林浴"时不应该做的事
将注意力完全集中在这场体验中。	被智能手机分散注意力(需要关闭手机或转到飞行模式)。
让头脑放空。	在心里想着烦恼、责任和焦虑。
忘记时间,不要着急。	不停看表,急着想要完成路线。
放松地散步,想要停下来的时候就停下来,保持呼吸。	把散步变成体育竞技。
谈论在大自然中观察到的事物。	谈论政治、体育或让人焦虑的事宜。
寻找安静的时刻。	不停歇地聊天。
紧紧握住当下。	抱着过去或未来不放。
不要去想回家的事。	一直想着回家以及回家后要做的事。

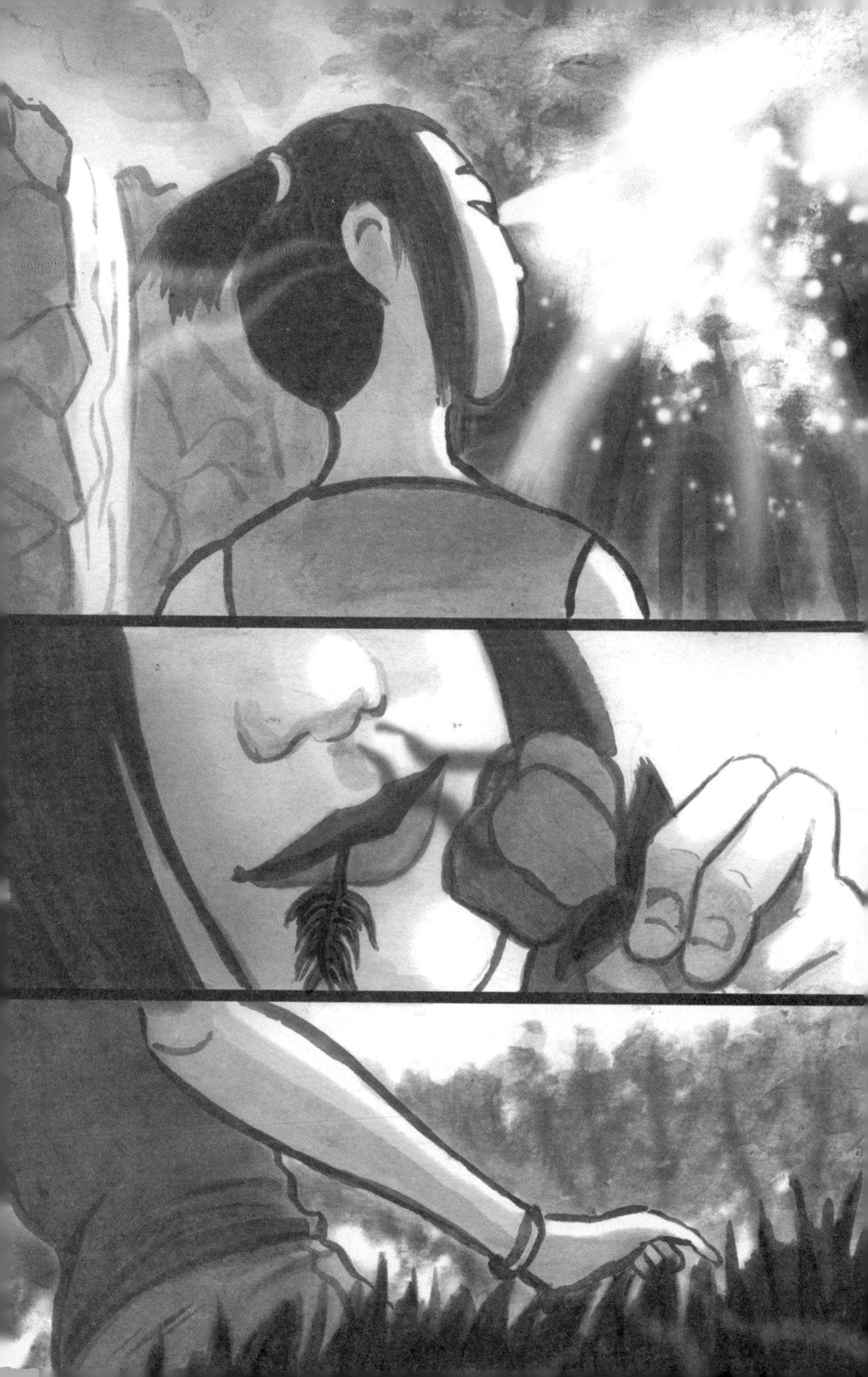

带着森林的灵魂回来

在练习了"森林浴"后,我们需要逐渐返回到城市生活中,感受我们的身体和内心都更加安宁,感受在森林里散步获得的所有益处。

在进行"森林浴"后的几天里,我们可以借助体内储存的宝贵的平和来面对生活中的压力。在接下来的一周里,要是发现焦虑再次侵占了我们的内心,那么只需闭上双眼,深呼吸,回想在森林里散步时的场景。

我们立即就能回想起在大自然中散步时的感受,在森林中获得的平和将会再次降临。

在了解了"森林浴"的五个步骤后,我们将在下一章进行更深入的讨论,学习在森林里冥想的方法。

户外的正念

早在乔·卡巴金博士在西方推广"正念"并创建相关课程之前,释一行禅师就开始传播在任何地方——当然也包括在大自然里——进行冥想、专注于当下的技巧。

这位著有上百本书、多次被提名诺贝尔和平奖的越南禅师指出,"正念"不应只限于在房间或冥想室里进行,而应当延伸到生活中的每个场景,包括我们在户外散步的时候。

在森林里一边散步一边冥想

"无论走在哪里,都可以进行冥想。
这也就意味着我们知道自己在
走路。我们并非出于其他原因而走路。
我们自由地走路,步伐坚定,不慌不忙。

专注于每一步。当我们
想要说话时，停下脚步，
把全部注意力都集中在对话者身上、
集中在我们说出和听见的话语上。
我们不应该把这种方式视作特殊的
走路方式，而应该在生活中任何时刻都
这样做。看看你的周围，发现生活、树木、
白云和无尽的天空是多么广阔。
聆听鸟叫。感受清风。生活无处不在，
健康且充满生命力的我们
是可以平和地走路的。
像自由者那般走路，
感受你的脚步愈发轻盈。
享受迈出的每一步。每一步
都充满营养和治愈性。用你的脚印
写下对大地的感激和爱。"

释一行

事实上，冥想的目的之一即是将完全集中的注意力延伸至日常生活中的每一幕。越南禅师还提出，除了坐着冥想和步行冥想，僧侣们也试着将高度集中的注意力带到日常生活的所有活动中：从扫地到洗菜。

以这样的心态，我们将能够与生活中所做的每件事融为一体。这种状态等同于日常生活中的"幽玄"。

触-压觉的感受

如果仔细研究一下我们生活的方式，就会意识到，在感受这个世界时，一些感官比另一些感官更突出。当今社会是视听主导的社会，因此，这两种感官抢过了另外三种感官的风头。

从幼年起，孩子们就与电子游戏紧密联系在一起，而电子游戏与占据了大人小孩大多数时间的电影和电视剧一样，只用到我们的视觉和听觉。

其他三种感官——味觉、触觉和嗅觉——则很少被用到。它们被合称为"触-压觉"感受，指代视觉和听觉以外的所有感受。

对美食家和热爱美食的人而言，味觉是第三重要的感官，而嗅觉和触觉则越来越被我们轻视。

与其他高等动物不同，我们失去了察觉气味的能力，即使在短距离内也无法嗅到。而就触觉而言，我们越来越少触摸事物，越来越少使用手来认知周围的世界。

"森林浴"是恢复触-压觉的好机会，像从前一样，使用所有感官来感受世界。

在大自然中用五官来冥想

这项练习既可以在森林里也可以在城市花园里进行。唯一的要求是一定要在绿色包围的环境中。可以躺下，也可以坐立，甚至坐在公园里的凳子上也可以。需要带一点儿零食，比如葡萄干、坚果或巧克力。

在进行了几次缓慢的深呼吸后，向自己提出以下问题：

你看见了什么?

- 观看晃动的树枝、鸟儿、落叶、飞舞的昆虫……
- 留意 komorebi 中提到的光与影。
- 观察古老的树干、磨损的岩石,观察大自然中的侘寂。
- 欣赏不同的色彩,以及色彩之间的反差对比。

你听见了什么?

- 留意周围声音形成的交响乐。
- 试着辨识每一种声音,就像辨识乐队中不同的乐器那样。

你闻到了什么?

- 微微闭上眼睛,深深呼吸森林里的气味。
- 闻一闻花的香味、树叶的清新、土地的湿润……

你可以触摸什么？

- 伸出双手，轻轻抚摸植物、石头或大地。
- 探索树干的粗糙、岩石的光滑、植物茎秆的脆弱……
- 用身体感受温度，感受微风的清新，感受从鼻孔进出的空气的抚摸。
- 脱去鞋子，站在地上，感受土地的质感，感受在大地上你的重量……集中注意力，赤脚在土地上走几步，会得到更深刻的体会。

有什么味道？

- 把零食放进嘴里。
- 先把它放在唇间，感受其质感。
- 然后把它放在舌头上，让唾液分泌，渐渐感受它的味道。
- 最后用牙齿轻咬，咀嚼，让所有的汁液溢出。

户外日志

在上世纪六十年代末之前出生的西班牙人一定都记得自然学家菲利克斯·罗德里格斯·德·拉·弗恩特①的《户外日志》选集。该书由一系列棕色的小册子组成,书里是作者通过观察大自然所做的绘画、草稿和注释。

为了让五官的感受更加深刻,我们可以在进行前面提到的冥想时带上一个小小的笔记本和一支笔,将感受记录下来:

- 每一种感官所获得的感受。
- 把最吸引我们注意力的大自然里的元素用简单的图画画下来。

从另一个角度来看,阅读或创作常以大自然为主题的俳句②也可能会唤醒我们的感官。

关于俳句写作的规则,我们在《Ikigai 方法》一书

---

① 菲利克斯·罗德里格斯·德·拉·弗恩特(Félix Rodríguez de la Fuente 1928—1980),西班牙自然学家。
② 俳句,由17音组成的日本定型短诗,从俳谐的首句演变而来。

的第 23 章提到过。让我们在这里简要地回忆一下：

1. 由三句不押韵的诗句组成。

2. 整首诗很短，可以一口气念完。

3. 最好提到大自然或季节。

4. 俳句通常都是现在时（尽管可以省去动词），而不是过去时或将来时。

5. 应当表达诗人的观察或惊讶。

6. 诗句中应该出现某些感官。

这种诗歌艺术将大自然的精髓装进一个瞬间、一个地方，让我们在本章的末尾一起欣赏被誉为"俳圣"的松尾芭蕉的诗句：

寒风呼啸吹

天昏地暗草木催

竹林静如碑

VI. 家里的"森林浴"

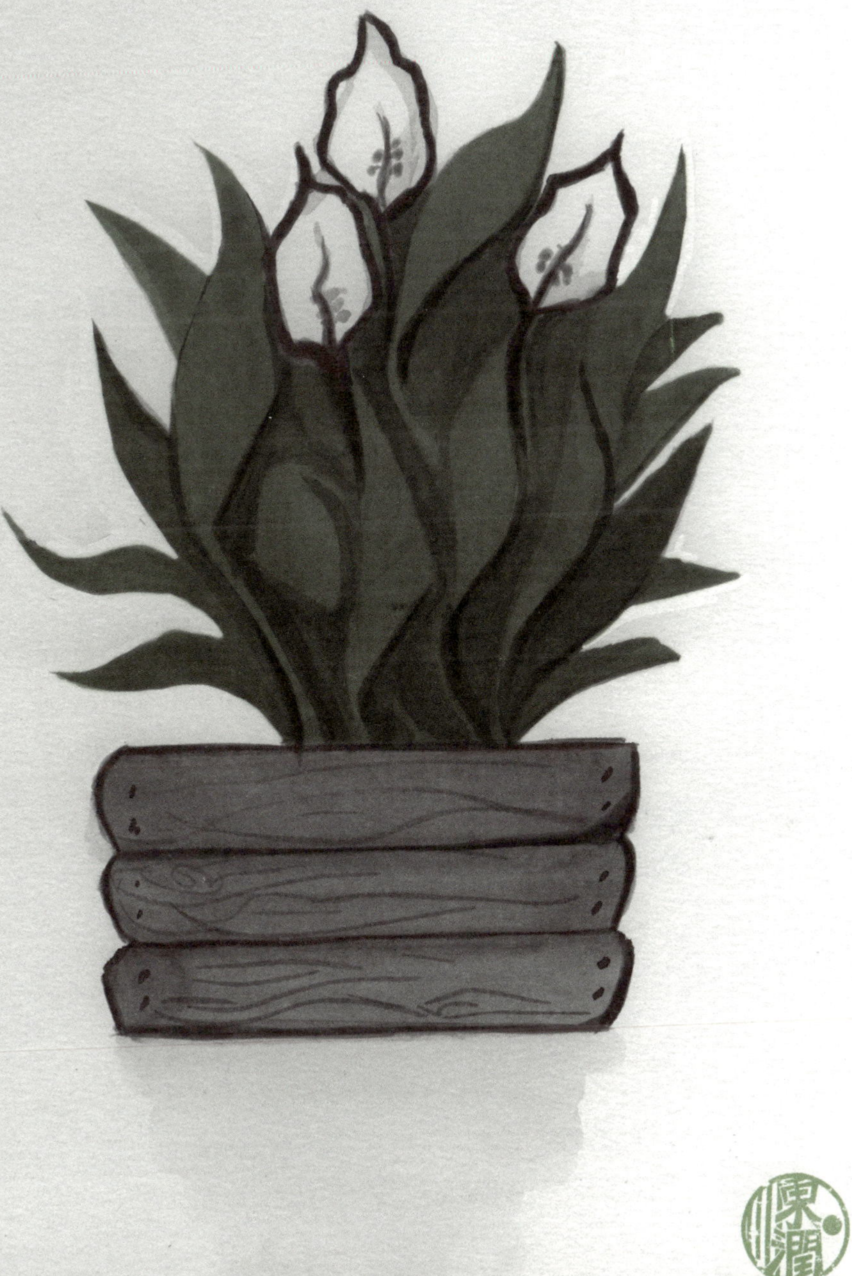

绿色的家

每周练习一次"森林浴",如果条件允许也可以更频繁地练习。与此同时,我们可以在家里装饰一些绿色的元素,与"森林浴"互补。

研究表明,绿色能够让人放松,有益于身体和心理的恢复。绿色被称为"希望之色"也并非偶然,因为它能毫无察觉地带我们回到人类最初的栖息地,所有的一切都在那里再生,获得新生。

正因如此,用大自然主题的绘画或摄影来装饰屋子能让人感到安宁。同样的道理,观看在自然森林里拍摄的纪录片或电影也能为灵魂带来慰藉,尤其是在经历了紧张的一天之后。

通向森林的窗户

假如因为居住地和日常工作的原因而无法经常走进大自然,我们可以通过电视来获取它的安宁。有许许多多聚焦在不同角度的关于地球上珍贵自然资源的优秀纪录片,以及以森林为主角的电影。在这类电影中,我们的最爱是《德尔苏·乌扎拉》(1975年),它是日本导演黑泽明首部在国外拍摄的作品,也是唯一一部70mm胶片影片。电影讲述俄国军事探险队在西伯利亚针叶林乌苏里河盆地的探勘之旅。他们在那里遇到了热心的游牧猎人德尔苏·乌扎拉,后者成为他们的向导,并传授给他们许多大自然的秘密和关于人类灵魂的重要一课。

内心的植物

我们所谓的室内植物，也可以称之为"内心的植物"，因为它们对我们的健康和内心和谐具有极大的益处。

其中的第一个原因我们在本章开始的时候就已提到过：绿色可以让人放松，感到安宁。而且，放在家里的植物可以改善空气质量，由于植物的光合作用，吸收氧化物，释放氧气，以此净化空气。

美籍华人戴安娜·权（Diana Quan）在《天堂是你家》一书中指出了室内植物的其他一些益处："研究证明它们可以消除空气里的毒素，那些飘浮在空气里的有机合成物，尽管肉眼看不见却无处不在：地毯、垃圾袋、油漆、乙烯基、合成纤维、烟味甚至颜料。"

有许多关于室内植物的作用的研究。其中大多数都提到绿色的镇静作用。还有一些研究表明，在办公室栽培植物不仅能减少职员请病假的天数，还能提高员工的注意力，缓减他们的压力。

但其中最引人瞩目的结果来自美国国家航空航天

局的几项研究，他们发现植物可以捕捉空气中的粉末物质（其中大部分都对人体有毒，比如苯分子），将它们传输到土壤的根部，并转化为自身的养分。也就是说，植物不仅能吸收空气里的二氧化碳，还能吸收任何类型的污染物质！

所有植物都能够吸收空气里的有害物质，但根据美国国家航空航天局的研究，吸收能力最强的植物之一是虎尾兰，又被称为岳母舌或蛇舌。这种植物吸收苯分子、氮氧化物和三氯乙烯的能力尤其突出。

在东京，无论是在地铁站还是在办公室里，虎尾兰都是最常见的室内植物之一。

其他具有治愈作用的植物

除了虎尾兰以外，美国国家航空航天局的研究人员还发现了其他一些能够有效吸收空气里的有毒物质的植物：

- 源自莫桑比克的百合竹。

- 绿萝，俗称为黄金葛、万年青。
- 菊花。
- 白鹤芋（俗称为荷叶芋）、白掌、鱼花、一帆风顺等。

在家里栽培植物的另一好处是可以吸收噪声。在城市里，把植物放在窗边是个不错的主意。

正如我们所看到的，把森林带回家里能带来各种益处，古老的印度文明从几千年前就用罗勒来净化屋子，让内心得以平静。

戴安娜·权在书中写道，风水的鼻祖也很重视室内植物，认为它们可以平衡"气"——家里的能量，并因此让我们的情绪和身体健康获益。这门源自中国的原理认为："并非所有植物都对人体有益；比如盆景，因为它代表着枯萎的能量，以及干花，因为它的'气'已经死去……所有植物都应该受到悉心呵护，健康地生长，并被和谐地摆放。不能让植物肆意疯长，也不能让植物枯萎，因为这都会向周围传递消极的能量。"

精油与芬多精

在科学那一章节，我们了解到"森林浴"之所以对人体有益，关键因素之一在于芬多精。我们可以在不出家门的情况下也获得芬多精吗？这也许有些困难，但我们可以通过使用精油来获得其中一部分属性。

想要进行芳香疗法，只需要购买优质的精油和扩散的装置。

我们可以将它放在书房的电脑旁。不同类型的精油除了可以提供芬多精，还能够影响我们的情绪。

在将精油扩散半个小时后，精油中的物质会在空气里持续两三个小时。

任何类型的精油都可以提供类似于我们在科学章节里看到的效果，然而，最有效的精油是直接从树木中提取的，因为树木中的芬多精含量最高。

以下是一些效果较好的精油：

1. 柏树精油。在日本，研究人员将云片柏（日本扁柏）精油喷洒在酒店的房间里。在前文提到的实验中，正是将这种精油放入培养皿中，大大激活了能够控制癌细胞的 NK 细胞的性能。在这一项实验中，研究对象住在酒店的房间里，他们并没有与大自然接触，但呼吸着空气里喷洒的柏树精油。研究者在他们身上也观察到健康的改善和 NK 细胞活性的增强。与另一组住在同样条件的酒店房间却没有精油芳香的研究对象比较，他们体内的 NK 细胞活性增强了 20%。

2. 松木精油。在另一项研究中，研究对象在喷洒了日本柳杉（日本松木）精油的房间住了几天。在随后的体检中发现，他们的血压和压力都有所下降。

3. 雪松精油。最后，另一项测试发现，与一组没有使用芳香疗法的研究对象对比，每天使用雪松精油喷雾的那一组人员的血压显著降低。

除此之外，其他含有大量芬多精的精油包括桉树精油、任何一种松柏的精油，或是来自任何一种柑橘属树木的精油。

另一些精油，也许其中芬多精的含量并不太高，但对健康有着其他好处。所以说，在使用精油前一定要仔细查阅其中的成分和属性。

最后，让我们看看下面这六种物质的作用。

放松（在晚上睡前使用）	激活（在早上使用）
玫瑰	薄荷
薰衣草	生姜
甘菊	橙子

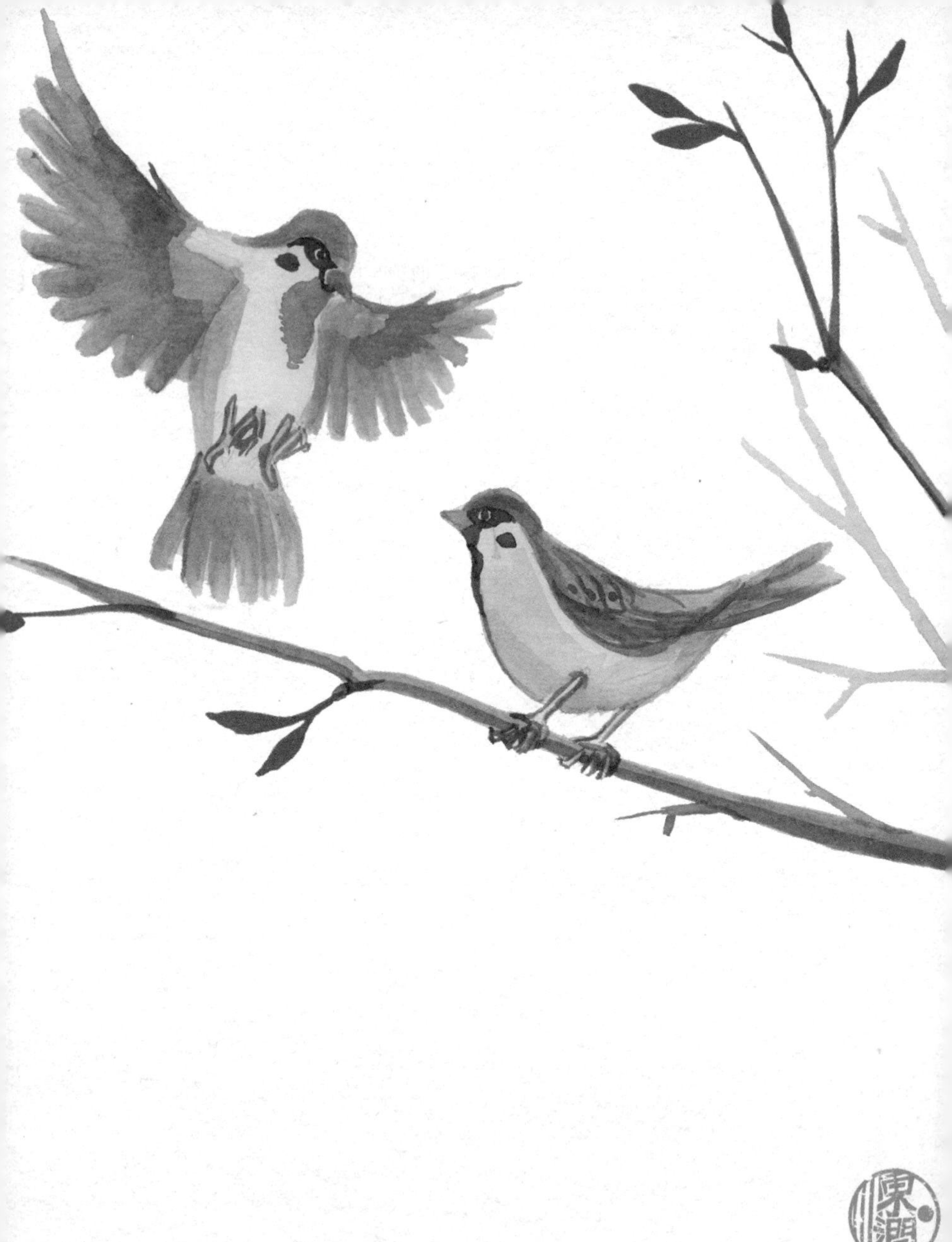

大自然的声音

当我们探讨在家里享受大自然的益处、对抗焦虑压力和抑郁时,也可以引用"山不到穆罕默德这边来,穆罕默德就到山那边去"那句知名的名句。

在前面一章,我们谈到了室内植物和天然精油的用途,以及在家里进行的绿色疗法。我们即将在这一章讨论的问题乍一看也许会让人惊讶,但其治愈效果已获得科学证明:鸟儿的叫声。

这些住在树林里的精灵的鸣叫声不仅对身体有益,《生物科学》杂志在不久前发表的一项研究结果表明,可以看见鸟儿的家或办公室还可让待在那里的人压力降低。

鸟儿的治愈功能

　　这项研究由埃克塞特大学的丹尼尔·高斯发起，研究对象是位于三栋建筑里的270名志愿者，他们决定对城市中的鸟儿进行观察。在每天下午他们观察到鸟儿（知更鸟、乌鸫和乌鸦）最多的时刻，他们体内的焦虑和抑郁程度最低。

　　"研究的结果表明了大自然对我们心智健康的重要性"，高斯说道。他在同一项研究中也证明，较少在户外活动的人更容易焦虑和压抑而影响心情。"在我们住所附近的鸟儿以及周围的大自然，都是健康的预防针，正是它们让我们居住的城市更健康，也更宜居。"高斯总结道。

　　西班牙禽类保护协会（SEO/BirdLife）出于对健康的益处考虑，每年组织十五万人（包括儿童和成人）参加户外远足，观察并更好地了解鸟类。

　　这些户外小组除了教育目的，也在活动结束后学习讨论它对身心健康和放松带来的益处。事实上，这些远足除了能让我们进入"心流"（flow）状态，大自然里的声音还能快速提高注意力和放松感，那些声音的录音能让容易分心的学生保持注意力的集中。

非凡的大江光

诺贝尔文学奖获得者大江健三郎的儿子是这则故事的主角。他一出生就患有严重的语言和视力障碍，此外还有癫痫、身体协调欠缺以及发育问题，医生劝其父母放弃治疗。

然而，他的父母并没有听从医生的劝导，经过一系列手术，他保住了性命。

然而，大江光生命的转机来自某一天他们在家附近的花园里散步时。大江光完美地模仿了鸟叫声，这让他的父母大为惊讶。于是，他们买了许多不同鸟鸣的录音,大江光准确地模仿那些鸟声。他父母发现儿子深受音乐的吸引,于是立即为他请了一名钢琴老师。

大江光无法用言语交流,却创作出一系列优美的乐曲,在全世界发行。所有这一切都始于鸟儿的鸣叫声。

安宁的鸣叫

BBC的一项报道证明了大江光的案例并非偶然。鸟鸣中有某种优美且神秘的东西,对人类具有强烈的治愈效果。

城市里的噪声让我们分散注意力、疲惫不堪,鸟儿的叫声却为我们带来相反的效果。

"声音研究所"(The Sound Agency)的创始人朱利

安·特雷热指出:"鸟鸣声之所以会让我们感到放松和安宁,是因为自古以来,人们就知道,鸟叫意味着一切安好。当鸟儿不再鸣叫时,我们才需要担心发生了什么……鸟鸣也是大自然天然的闹钟。鸟儿在清晨的合唱意味着一天的开始。"

这家公司用鸟叫声为哥伦比亚的一家银行创作出一首"交响乐曲",在营业厅播放,这一举措显著增加了新开户的人数,并且通过问卷调查发现,对银行服务满意的人数也大为增加。

利物浦奥尔赫(Alder Hey)儿童医院开始使用鸟鸣声来改善一些病人的情绪。研究人员在利物浦的一间小学进行了另一项实验,他们在学生最疲惫、最容易分散精力的午饭后播放鸟叫声,实验结果表明,聆听鸟鸣声的学生很快恢复了注意力。

这项实验的推动者之一罗梭·裘斯对播放鸟叫声取得的效果这样解释道:"鸟叫声并不会给大脑带来不适,也不会让人感到无聊或困意……在我看来,没有另一种声音能获得与鸟鸣声同样的效果。鸟鸣声应该成为我们日常生活中交响乐的一部分。"

专家认为，这些来自大自然的声音在让我们放松的同时也能唤醒我们的感官，因为它们并不重复。特别是由不同鸟儿组成的合唱，没有既定的旋律，自由欢唱。

鸟儿的鸣叫甚至被用在阿姆斯特丹史基浦机场，那里有一间专门设置的候机厅，树木中隐藏着扬声器，乘客可以在起飞前聆听鸟鸣声来得以放松。

BBC的报道最后提到鸟鸣声在剑桥郡的一座英国石油（BP）加油站的使用案例。为了让抱怨加油站服务质量的顾客感到身心舒畅，管理人员在加油站播放鸟儿的鸣叫声。结果显示，顾客的满意程度增长了50%。

家中的伊甸园

所有这些经验都可以被运用在家里。在过去，许多家庭里都用笼子养着金丝雀，这对动物来说实在是残酷且不公平。随着现代科技的发展，我们不再需要将鸟儿禁锢在家里。

诸如油管（Youtube）和声田（Spotify）这样的流媒体音乐网站提供成千上万种鸟鸣声，并且，我们还可以在 iTunes 或其他网站购买这类音乐。

此外，我们也可以在学习、工作或是在享受阅读时光的同时播放这种来自森林的天然降压音乐。鸟鸣声也可以陪伴我们在家里进行瑜伽或冥想，甚至还可以听着鸟声进入午睡的梦乡。

当然，这些录音都无法与在森林里鸟儿栖息地的"现场音乐会"相提并论。但就像我们无法现场聆听喜爱的音乐家演奏一样，在家里聆听鸟鸣声也足以让我们神清气爽、心情愉悦。

杯里的一片绿叶

在本书最初的章节，我们提到这趟即将结束的旅程是如何开始的。在本章，我们将再次从个人的角度出发，讲述这本书是如何由一位住在东京的作者与另一位住在巴塞罗那的作者联合写成的。

我们俩分开工作，各自阅读科学研究、资料和文章，各自在森林里散步，寻找"森林浴"的灵感，但与此同时，在写作此书的那段时间里，我们每天都会在八个小时的时差里进行一次视频聊天，而在位于地球两端的我们俩的身边却有着同样一个助手：一杯茶。

每天巴塞罗那时间早上 8:15（东京时间下午 4:15），我们俩捧着一杯清香的日本绿茶坐到电脑边。在我们讲述各自的发现、讨论应该被写入各个章节的内容的同时，鼓舞我们、将我们之间一万公里的距离联系起来的是这杯回甘的苦茶。

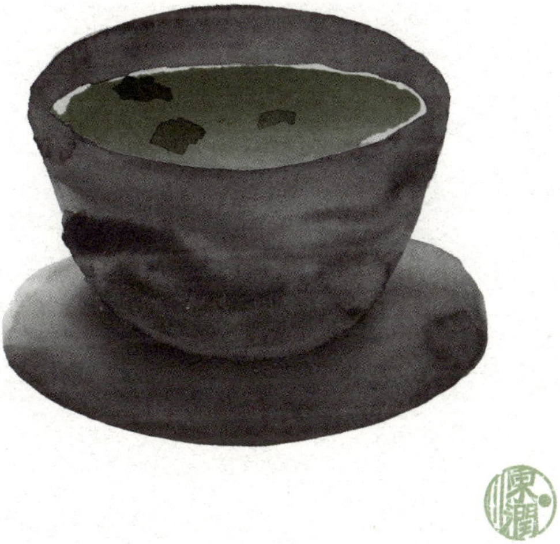

全世界的感受都被拥在热气腾腾的茶杯里，它只不过是来自森林的一片温暖灵魂的绿叶。

茶的传说

据佛教传说，当年释迦牟尼坐在菩提树下，想到人类遭遇的痛苦时，不禁掉下了一滴眼泪。这滴眼泪孕育了第一株茶树，给受苦受难的人类予以慰藉。

然而，这种源自中国的饮品最早的记录比佛祖要早两千年。相传，神农在公元前2737年首先发现了茶的益处。

神农某天在树下睡觉，像通常一样，他在身边煮一碗热水，准备服用以净化清洗身体。一阵风吹过，树上的几片叶子不幸掉入碗中，造就了历史上第一杯茶的诞生。

神农端起碗喝了一口，那味道不错，过了没多久，他感到自己精力旺盛地从睡意中走了出来。

于是，他立即下令让园丁去查明那是什么树，并且大量种植，从而每天都能享受那绿叶冲泡的饮品的芳香。

侘寂的杯子

"茶道中最受重视的杯子往往是形状不规则的茶杯，其中一些杯面有金色的线条，用于遮掩陶瓷的小破损。这些线条并非掩盖，反而更加突出杯子在过去主人的手中所受到的损伤。不对称和不规则让成长成为可能；完美则会扼杀想象。"

——唐纳德·基恩，曾在美国哥伦比亚大学任日本文学教授超过 50 年

日本茶道的智慧

除了传说中真实确凿的部分，毫无疑问，我们茶

杯中的茶叶即是"森林浴"的缩影。这不仅仅是因为众所周知的茶的抗氧化性——茶的这一功效是经常饮茶的国家长寿的原因之一。

在几个世纪的发展演变中，茶道逐渐走向简单朴素，被赋予侘寂的特征。过去装饰豪华的茶室渐渐让位于土坯草盖的茅屋，它常常位于花园中央，由于参与者需要穿过花园，于是花园也成为了茶道的一部分。

即使只是与一个朋友或独自一人以非正式的形式进行，茶道也能带我们进入平和，将注意力集中在当下。

在日本，当茶被端上桌子时，时间即会停止。参与"茶汤"（日本人对茶道仪式的称呼）的人将会暂时抛开日常生活中的烦恼，意识到这是一个独一无二且无可复制的时刻。

出于这个原因，参与茶道的朋友们努力创造出一个宁静放松的氛围，因此，在交谈中需要注意以下几点：

• 在茶道中，需要避免可能会引起争议、让人不适或紧张的话题。任何会让人产生分歧的话题都不应该出现在茶桌上。因此，不应该谈论政治、体育中的对手或全球问题。

• 相反，应该尽量谈论能将参与者联合起来的话题：聊聊茶的色泽味道以及茶杯的美；周围的大自然；或者一起谈谈艺术发现：一本好书，一部发人深省的电影，一场不容错过的展览。总而言之，聊天的内容需要能为参与者的生活增添美与和谐。

茶道的精髓可以概括为四个字：和（和谐）、敬（尊敬）、清（清洁）、寂（闲寂）。冈仓天心①于一九〇六年在美国出版《茶之书》，他在书中写道："茶属于卫生学，因为它力求清洁。它又是经济学的，因为它所教示的与其说是在复杂和奢华中，不如说是在单纯中寻求安慰……它使'茶的哲学'的所有信奉者变成了鉴赏力的贵族。"

---

① 冈仓天心（1863—1913），日本明治时期的美术家、美术评论家、美术教育家、思想家。

喝一杯茶

赵州从谂禅师问一位刚入寺的和尚：

"我从来没见过你吧？"

新来的和尚回答道：

"没有，师父。"

从谂对他说：

"那么，喝一杯茶吧。"

接着，从谂转向另一位和尚：

"我从来没见过你吧？"

第二位和尚回答说：

"师父，你当然见过我。"

从谂说：

"那么，喝一杯茶吧。"

后来，负责管理寺院的和尚问从谂：

"你怎么对任何人都做出同样的邀请啊？"

从谂冲他喊道：

"管理员，你还在那儿吗？"

管理员回答道：

"当然了，师父。"

从谂对他说：

"那么，喝一杯茶吧。"

——奥修《茶艺》

注意力和同感心

从谂禅师不断重复的回答也许会让我们感到荒谬，却道出了深受僧侣修士以及冥想者赞誉的茶的功效：它能让我们把注意力集中在当下，同时也不会太过紧张。

需要注意的是，睡眠不好的人不应该在下午五点以后喝茶。

集中注意力不仅能够让我们全神贯注地留意到身边发生的事，同时也能让我们在与他人的互动中获得更强烈的在场感和参与感。它能赋予我们佛教中所谓的"同感心"：并非怜悯他人，而是能够置身于他人的处境，与他人感同身受。

以这样一种方式，全神贯注且富有同感心的我们就可以全身心聆听对方，这也是我们可以给予向我们敞开心扉的人的最佳馈赠。

这种由茶发起的深入聆听也可以独自进行。许多想法和决定就是这样在独自一人的状态下，借由一杯茶完成的。

哦，对了，我们也要感谢你们专心致志地陪伴我们到此。在总结了全书提到的一些准则后，也是时候合上这本书、打开门、走向让生命悸动的大自然了。

结语

"森林浴"
在日常生活中的
十项准则

我们将以十项充满智慧
的准则来结束这场旅程

1

每周在绿色中沐浴一次

科学研究证明,"森林浴"对健康的益处能够持续好几天,直到下一次森林里的沐浴。

2

**带着正念
生活**

大自然带来的安宁和财富是练习全神贯注生活的理想场所，让我们将五官全部打开。

3

拥抱
一棵树

从古老的凯尔特人起,人们就相信

拥抱一棵生机勃勃的树

既能为我们补充能量

也能减缓压力和焦虑。

4

聆听鸟儿
的鸣叫

大量研究证明,鸟鸣声——

即使只是录音——也具有治愈效果,

有助于集中注意力,

让我们更自信,也更放松。

5

没有目的地散步

一旦走进大自然，
就把焦虑抛在脑后吧，
像成熟的旅行者那样，
没有具体的目的地；
跟随你的双脚和灵感
自由前行。

6

停下来

呼吸呼吸

科学证明，大自然释放的
芬多精不仅能改善
我们的情绪，还能增强
对许多疾病的免疫力。

7

写一首
俳句

我们可以用自己的语言
写一首短诗,
把一小块森林带回家,
或者用绘画
让森林里的那一刻不朽。

8

在侘寂中
获得灵感

在大自然中，没有什么是完美的，
没有什么是完整的，也没有什么是永恒的。
"不完美的美"教会我们接受自己，
将自身的缺点看作成长的机会。

9

喝一杯茶

在大自然中愉悦地散步后,
在工作间隙的休息时间,
喝一杯用森林里绿叶泡的茶
能让我们精神焕发,
集中注意力。

10

感受
幽玄

通过冥想来感受与大自然

建立起联结的愉悦,

既可以坐着冥想,

也可以躺着,专注于每一个当下。

你是宇宙的一部分,

宇宙即是你。

感谢你在这里。

祝你"森林浴"愉快!

埃克托尔·加西亚 & 弗兰塞斯克·米拉莱斯

书目

作者的其他著作

弗兰塞斯克·米拉莱斯和埃克托尔·加西亚《Ikigai 方法：唤醒你真正的激情，完成你生命的目标》，Aguilar 出版社，巴塞罗那，2017 年。

弗兰塞斯克·米拉莱斯和埃克托尔·加西亚《Ikigai：冲绳岛幸福长寿秘诀》，Urano 出版社，马德里，2016 年。

弗兰塞斯克·米拉莱斯《侘寂》，B de Bolsillo 出版社（Ediciones B），巴塞罗那，2014 年。

埃克托尔·加西亚《日本极客》，Norma Editorial 出版社，巴塞罗那，2012 年。

参考书目

Gaston Bachelard《空间的诗学》，经济文化基金，墨西哥城，2010 年。

Joseph Gali 和 John Dougill《神社：日本古代宗教的圣地指南》，Latitude 20（夏威夷大学出版社），火奴鲁鲁，2012 年。

Joey Gardiner《抑郁症在城市居民中突出——高楼是帮凶吗?》，《卫报》，2017 年 3 月 16 日。

金太郎《活侘寂：你生活中真正的美》，Andrews McMeel 出版社，堪萨斯城，2004 年。

赫尔曼·黑塞《步行者》，Bruguera 出版社，巴塞罗那，1986 年。

Andrew Juniper《侘寂：日本艺术中的转瞬即逝》，Tuttle Publishing，北克拉伦登，2003 年。

Jon Kabat-Zinn《充分体验危机：如何运用身体和头脑的智慧面对压力、痛苦和疾病》，Kairós 出版社，巴塞罗那，2016 年。

Leonard Koren《给艺术家、设计师、诗人和哲学家的侘寂》，Sd 出版社，巴塞罗那，2015 年。

Andrés Martín Asuero《自由自在：零压力地享受生活》，Plataforma 出版社，巴塞罗那，2010 年。

梅莉恩·米尔纳《一个人的生活》，Routledge 出版社，纽约，2011 年。

约翰·缪尔《第一个在山里度过的夏天》，J. Missouri 出版社，圣路易斯，2013 年。

约翰·缪尔《优胜美地》，WLC Books 出版社，2009 年。

约翰·缪尔《加州的山》，Wanderlust 出版社，2015 年。

Thich Nhat Hanh《正念的奇迹》，Oniro 出版社，巴塞罗那，2013 年。

奥修《茶艺：唤醒灵魂的冥想》，Gaia 出版社，莫斯托莱斯，2007 年。

戴安娜·权《天堂是你家》，B de Books（Ediciones B）出版社，巴塞罗那，2017 年。

Matthew Silverstone《被科学蒙蔽》，Lloyd's World Publishing 出版社，伦敦，2011 年。

Lauren M. Sompayrac《免疫系统如何工作》，Wiley-Blackwell 出版社，霍博肯，2015 年。

Nassim Nicholas Taleb《反脆弱性：在混乱中受益的事物》，Paidós 出版社，巴塞罗那，2013 年。

谷崎润一郎《阴翳礼赞》，Siruela 出版社，马德里，2010 年。

梭罗《瓦尔登湖》，Cátedra 出版社，马德里，2007 年。

梭罗《散步》，Ardora 出版社，马德里，2001 年。

《东京代谢 2010：1960 后 50 年》百科全书第一卷。

分类科学论文

"森林浴"相关的科学

Bum Jin Park、Yuko Tsunetsugu、Tamami Kasetani、Takahide Kagawa 和 Yoshifumi Miyazaki《森林浴（浸入森林的氛围或在森林里沐浴）的生理效果：来自日本 24 座森林的实验证明》，《环境健康和预防医学》第 15 期

第 1 卷，2010 年 1 月。

Juyoung Lee、Li Qing、Liisa Tyrvinen、Yuko Tsunetsugu、Bum-Jin Park、Takahide Kagawa 和 Yoshifumi Miyazaki《自然疗法和预防医学》，发表于《公共健康——社会和行为健康》，2012 年。

芬多精相关的科学

Bum Jin Park、Yuko Tsunetsugu、Tamami Kasetani、Hideki Hirano、Takahide Kagawa、Masahiko Sato 和 Yoshifumi Miyazaki《森林浴（浸入森林的氛围或在森林里沐浴）的生理效果——用唾液中的皮质醇和大脑活动作为指标》，《生理人类学杂志》第 26 期第 2 卷，2007 年。

室内植物相关的科学

B. C. Wolverton、Willard L. Douglas、Keith Bounds《清洁空气研究：室内植物对降低室内空气污染的研究》，NASA，1989 年。

Min-sun Lee、Juyoung Lee、Bum Jin Park 和

Yoshifumi Miyazaki《与室内植物互动可通过抑制自发神经系统的活动降低年轻人的心理和生理的压力：一项随机的交叉研究》，《生理人类学杂志》第34期第2卷，2015年12月。

芳香疗法相关的科学

Dayawansa、Samantha、Katsumi Umeno、Hiromasa Takakura、Etsuro Hori、Eiichi Tabuchi、Yoshinao Nagashima、Hiroyuki Oosu 等《人体吸入天然"雪松醇"香味的自发反应》，《自发神经科学》第108期第1—2卷 2003年10月。

致谢

感谢 Sandra 和 Berta Bruna,将我们"Ikigai"的种子播种到全世界,译成 40 种语言。

感谢所有的编辑,将日本的智慧散播到全球各个角落。

感谢本书的编辑 Oriol Alcorta 对我们和这项美妙工作的信任。

感谢本书的绘画师 Jun Matsuura,他深受传统水墨画的熏陶。

感谢我们的首席历史学家 Victor Jurado。

感谢我们的家人和朋友。

感谢所有《Ikigai:冲绳岛幸福长寿秘诀》和《Ikigai 方法》的读者,是你们成就了这本书。